Ariel

À L'ÉCOLE DES ESPIONS

Anna

EVELYNE GAUTHIER

À L'ÉCOLE DES ESPIONS

Tome 3 : Satellite et bas blancs

Guy Saint-Jean
ÉDITEUR

Guy Saint-Jean Éditeur
3440, boul. Industriel
Laval (Québec) Canada H7L 4R9
450 663-1777
info@saint-jeanediteur.com
www.saint-jeanediteur.com

• • • • • • • • • • • •

Catalogage avant publication de Bibliothèque et Archives nationales du Québec et Bibliothèque et Archives Canada
Gauthier, Evelyne, 1977-

Ariel à l'école des espions
Sommaire : t. 3. Satellite et bas blancs.
Pour les jeunes.
ISBN 978-2-89455-815-7 (vol. 3)
I. Gauthier, Evelyne, 1977- . Satellite et bas blancs. II. Titre. III. Titre: Satellite et bas blancs.

PS8563.A849A77 2013 jC843'.6   C2013-941489-4
PS9563.A849A77 2013

• • • • • • • • • • • •

Nous reconnaissons l'aide financière du gouvernement du Canada par l'entremise du Fonds du livre du Canada (FLC) ainsi que celle de la SODEC pour nos activités d'édition. Nous remercions le Conseil des Arts du Canada de l'aide accordée à notre programme de publication.

Canadä   ▮◆▮ Patrimoine Canadian   SODEC   Conseil des Arts Canada Council
          canadien   Heritage   Québec   du Canada   for the Arts

Gouvernement du Québec — Programme de crédit d'impôt pour l'édition de livres — Gestion SODEC

Conception graphique de la couverture : Christiane Séguin
Infographie : Olivier Lasser et Sylvie Daigle
Édition : Sarah-Jeanne Desrochers et Sara Marcoux
Révision : Marie Desjardins
Correction d'épreuves : Fanny Fennec
Illustration de la page couverture : Mathieu Benoît

Dépôt légal — Bibliothèque et Archives nationales du Québec, Bibliothèque et Archives Canada, 2014

ISBN : 978-2-89455-815-7
ISBN ePub : 978-2-89455-816-4
ISBN PDF : 978-2-89455-817-1

Imprimé et relié au Canada
1re impression août 2014

 Guy Saint-Jean Éditeur est membre de
l'Association nationale des éditeurs de livres (ANEL).

REMERCIEMENTS

*Comme toujours, je remercie chaleureusement
la super équipe de Guy Saint-Jean. En particulier
mes éditrices, les deux Sara(h): Sara et Sarah-Jeanne!*

*Également, mon comité de bêta-lectrices, toujours
aussi encourageantes et dévouées.*

*Sans oublier la précieuse Mélanie, avec des
suggestions toujours aussi justes, des idées géniales
et un grand cœur d'enfant.*

*Ma famille et mes proches, qui me soutiennent
depuis toujours.*

*Et mes lecteurs et lectrices, vos beaux mots me
comblent et me donnent de l'énergie. Surtout,
n'arrêtez pas, ça fait du bien!*

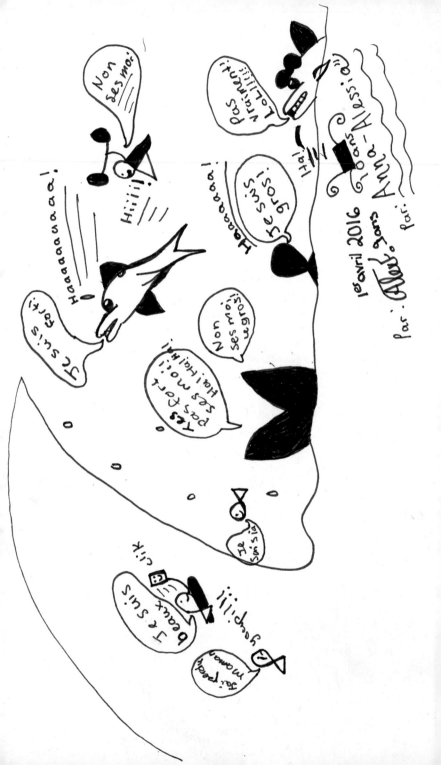

CHAPITRE 1
Début d'année en lion

Après une course effrénée, je m'arrête et m'adosse au mur de béton. Dans le couloir que je viens de traverser, la noirceur domine. Seules quelques lampes rouges éclairent faiblement, çà et là. Le bip constant de l'alarme de l'école résonne en sourdine au loin. Marilou pose soudainement sa main sur mon épaule. Je sursaute et me retiens de crier. Pendant un moment, j'ai été si concentrée à chercher la sortie que j'ai oublié la présence de mon amie.

Nous nous retournons et observons le corridor, jetant un œil dans la direction d'où nous sommes venues. Tout à coup, j'entends nos poursuivants, au loin. Et zut, ils ont probablement retrouvé notre trace ! Pourquoi ne suis-je pas surprise ? Il fallait s'y attendre, avec des agents super entraînés.

Marilou et moi prenons la poudre d'escampette, tout en essayant de ne pas faire trop de bruit. Nous arrivons enfin à la porte de sortie. Je pose mon pouce sur le lecteur biométrique qui numérise mon doigt et déverrouille le loquet. Je pousse le battant.

Il résiste. Bon sang, mais qu'est-ce qui se passe? La porte s'entrouvre à peine de deux centimètres. Pas moyen de sortir. Quelque chose bloque le chemin. A-t-on idée qu'un souterrain secret soit bloqué par une sortie de secours?

— Qu'est-ce qui se passe? murmure Marilou.

— C'est bloqué. On dirait qu'un objet à l'extérieur barre le chemin.

J'entends les voix de nos poursuivants qui approchent. Je ne saurais dire où ils se trouvent exactement, mais je sais qu'ils sont plus près de nous que je le désirerais. Marilou et moi appuyons nos épaules contre le battant d'acier, prenons appui au sol avec nos pieds et poussons de toutes nos forces.

Centimètre par centimètre, la porte s'ouvre de plus en plus. Nous continuons de pousser. On y est presque! J'entends les agents qui doivent être tout près, même si je ne parviens pas à les voir. Allez, un dernier coup!

Enfin, le battant s'ouvre juste assez pour nous laisser passer.

Marilou et moi, nous nous glissons dehors. Juste avant de sortir, j'entends les pas de nos poursuivants qui approchent. Il ne faut pas qu'ils nous attrapent!

Nous nous retrouvons à l'une des sorties de secours secrètes du collège, débouchant sous les ruines abandonnées de l'ancienne usine de Carbone

Carbide Mills, sur l'île Victoria. Nous constatons alors que la sortie était obstruée par un gros tronc d'arbre mort. Vraiment très étrange.

On jurerait que quelqu'un l'y aurait mis pour nous nuire. Tant pis, pas le temps de penser à ça, il y a plus urgent. C'est le soir, et seules quelques lumières extérieures éclairent l'île par endroits. Marilou et moi marchons dans les buissons pour nous éloigner. Emprunter le chemin pour nous évader nous mettrait à la vue de tous et ce serait trop risqué. Nous restons donc camouflées dans la végétation, en longeant la route principale, nous menant à coup sûr vers le pont permettant de sortir. Le tout, sans être prises par nos adversaires, qui doivent chercher à nous retrouver en ce moment même.

Nous courons en silence.

Nous nous déplaçons sous le pont du Portage, le lien entre Gatineau et Ottawa, qui passe au-dessus de l'île, sans s'y arrêter. De l'autre côté de la rivière des Outaouais, j'aperçois les lueurs du Mill Str. Brew Pub, une vieille taverne sur le bord de l'eau. Il nous reste encore un bon bout de chemin à parcourir avant d'être tirées d'affaire.

Tout à coup, je perçois vaguement un bruissement dans les feuilles, tout près de nous. Est-ce qu'on nous a repérées ? À moins que ce ne soit un animal, tout simplement ?

Un quart de seconde plus tard, une grande silhouette surgit de derrière un bosquet et fond littéralement sur Marilou et moi. Mon cœur s'arrête. Même dans l'obscurité, cet homme, je le reconnaîtrais entre mille. La forme de ses épaules, sa coupe de cheveux, sa façon de bouger, et même l'odeur de sa lotion après-rasage.

Sa simple vue me pétrifie maintenant de terreur, mon sang ne fait qu'un tour dans mes veines, mon estomac se tord et je fige comme une statue. Et dire que je croyais pourtant m'être bien préparée à l'affronter de nouveau!

Vincent Larochelle...

Avant même que Marilou et moi ayons pu réagir, il nous saisit chacune le bras de sa poigne d'acier habituelle et nous tient à sa merci. Inutile de nous débattre ou de réagir. Dans une véritable situation de danger, Marilou et moi aurions déjà été neutralisées et peut-être même éliminées. Nous avons perdu.

J'ai l'impression que le contact de la main de Vincent sur mon bras me chauffe comme un fer rouge et je sens un frisson me parcourir le corps. Je n'ai qu'une envie: tirer mon bras de toutes mes forces pour me dégager et m'éloigner de lui.

Je prends une grande respiration et me retiens de justesse pour éviter une réaction trop vive. Mon malaise ne doit pas transparaître.

Après tout, Vincent ne se souvient pas de m'avoir déclaré qu'il m'aimait, alors qu'il était gravement blessé et délirant[1]. C'était il y a deux mois et demi, en juin dernier, et pourtant, je m'en souviens comme si c'était hier. Je le revois, étendu sur le sol, le chandail couvert de sang, alors qu'il venait de prendre une balle en plein ventre pour me protéger.

Les paroles qu'il a prononcées alors sont restées gravées dans mon esprit comme dans de la pierre.

«Je t'aime tellement, si tu savais... pardonne-moi... »

Je me secoue intérieurement. Je dois refouler tout ça, oublier, reléguer cette histoire dans les profondeurs de mon esprit.

À part Laurence à qui j'ai tout raconté, personne n'est au courant. Et personne ne doit savoir. Jamais. Un enseignant amoureux d'une de ses élèves ? Pas besoin d'être un génie pour savoir que le collège n'approuverait pas. Bonjour les conflits d'intérêts et les problèmes d'éthique. Sans compter que j'ai 17 ans et lui, 21. Déjà, savoir une personne amoureuse de soi alors qu'on ne l'aime pas, ça a quelque chose d'un peu gênant. C'est comme essayer d'ignorer un gros éléphant rose à pois verts dansant la polka dans une pièce. Mais quand, en plus, cette personne doit vous enseigner et vous évaluer, ça complique les choses.

---

1   Voir *Ariel à l'École des espions*, tome 2 : *Bazooka et caméras*.

Je n'apprécie pas vraiment Vincent Larochelle et il a probablement autant de sensibilité qu'une roche, mais je ne veux pas lui causer de problème. Si on soupçonne qu'il n'est pas neutre à mon égard comme il le devrait, ce serait peut-être suffisant pour qu'il perde son emploi au collège. Pourtant, il demeure un excellent espion et un bon prof au dossier sans tache. Et je n'ai pas oublié qu'il m'a quand même sauvé la vie.

D'ailleurs, je n'ai toujours pas saisi comment un être comme lui a pu tomber amoureux de moi. J'ai encore du mal à le croire, même si sa confession n'est pas le fruit de mon imagination et qu'il n'avait aucune raison de mentir dans l'état où il se trouvait.

Je réprime immédiatement un frisson. Depuis toujours, le contact de Vincent m'a attirée autant qu'un poisson froid, mais avec cette histoire « d'amour » en plus, ça me gêne davantage. Je reprends contenance. En tout cas, le peu qu'il m'en reste.

Au même instant, Vincent souffle de toutes ses forces – et Dieu sait qu'il en a beaucoup – dans le sifflet qu'il tenait dans sa bouche. Une seconde plus tard, un autre sifflement lui répond au loin.

Le code pour annoncer aux autres enseignants qu'il a réussi à capturer des élèves.

— C'est bon, vous avez gagné, dis-je. Je crois que vous pouvez nous lâcher, maintenant.

Au même moment, Vincent desserre son étreinte sans dire un mot. Je me sens un peu soulagée de récupérer mon bras. Marilou aussi se frotte le bras, sûrement heureuse d'être libérée. Quelques instants plus tard, madame Duval, l'enseignante de combat et d'arts martiaux au physique androgyne, se pointe.

— Pas trop mal comme performance pour un début d'année, commente-t-elle en prenant des notes sur son iPad. Vous avez bien retenu les notions enseignées lors de votre entraînement de première année, on dirait. Aujourd'hui, vous êtes le dernier duo que nous avons attrapé.

Je soupire. Savoir que Marilou et moi avons été les derniers élèves capturés est une consolation, mais nous n'avons pas atteint notre objectif pour cette simulation.

Sur ce, madame Duval tourne les talons et retourne vers l'école, l'air satisfait. Vincent, Marilou et moi la suivons, en marchant sur le chemin principal, cette fois. Notre exercice est terminé, ce sera bientôt l'heure du couvre-feu. Nous aurons sans doute droit aux commentaires des enseignants sur notre performance au cours de la semaine prochaine.

— Dites, le tronc d'arbre devant la porte de secours, c'était prévu ? demande Marilou.

— Bien sûr, répond madame Duval. Nous n'allions quand même pas vous faciliter la tâche. Dans les vraies missions, il y a souvent des obstacles inattendus. Votre travail consiste à composer avec l'imprévu.

Sans compter que ce n'est pas sûrement pas demain la veille que des élèves parviendront à avoir le dessus sur leurs professeurs super expérimentés. Le combat est inégal, nous n'avions sans doute presque aucune chance. Évidemment, madame Duval remarque aussitôt ma déception.

— Vous êtes déçue, mademoiselle Laforce? demande-t-elle. Si cela peut vous remonter le moral, depuis que nous faisons passer ce test, aucun élève n'est parvenu à atteindre sa cible. Le but est avant tout de voir votre capacité à faire appel à vos connaissances rapidement. Même monsieur Larochelle, quand il était étudiant et a fait cet exercice, l'a échoué, ajoute-t-elle en lui lançant un sourire moqueur.

Même Vincent? Lui, si perfectionniste, qui ne tolère pas l'échec? Marilou et moi lui jetons un coup d'œil. Ce dernier soupire légèrement et lève les yeux au ciel, sûrement agacé de se faire rappeler cet épisode.

— Cependant, c'est lui et sa coéquipière qui sont parvenus le plus loin, ajoute madame Duval. Précisément au pont de la rue Eddy, presque au musée quand nous les avons rattrapés. Aucun élève n'avait encore réussi à aller jusque-là.

J'ai souvent tendance à oublier qu'il n'y a pas si longtemps, Vincent n'était qu'un élève au collège, comme moi. Il est si doué et expérimenté, malgré son âge, qu'on l'imagine mal assis sur les mêmes bancs que nous, à prendre des notes.

Nous étions de retour au collège depuis à peine deux jours que déjà, en ce début de septembre, nos professeurs nous plongeaient dans un bain d'immersion assez brusque, afin de nous tester immédiatement. Dès le premier jour, monsieur Frost, notre directeur, nous a assigné un exercice : la simulation d'une invasion de l'école par des forces terroristes, incarnées par nos professeurs eux-mêmes. L'objectif des élèves, formés en duos, était de s'évader du collège, de sortir de l'île et de rejoindre un hypothétique agent du SCRS[2], à l'entrée du Musée de la guerre, afin de l'informer de la situation et d'appeler du renfort.

Avec à peine une journée pour nous préparer et réviser les notions acquises l'an dernier, après deux mois et demi de vacances, c'est un retour un peu brutal. Bien sûr, ce n'est pas une excuse pour être « rouillé ».

Selon le collège, un bon espion doit constamment être en mesure de faire appel à ses connaissances, même s'il ne les a pas utilisées depuis des mois, voire des années. Pas de place pour la complaisance.

---

2   Le Service canadien du renseignement de sécurité (SCRS) est le principal service de renseignements du Canada. Il chapeaute les programmes de formation du collège.

Bref, notre deuxième année commence plutôt raide.

— Il ne faut pas oublier une chose, mesdemoiselles, ajoute madame Duval. Cet exercice est presque impossible à accomplir, étant donné la différence de compétences entre les étudiants et les professeurs. Cela, nous le savons d'avance.

— Mais alors, pourquoi un tel test ? que je demande.

— Pour vous préparer à une autre chose à laquelle vous devrez faire face, tôt ou tard, en tant qu'agents : l'échec.

Je m'arrête de marcher un instant. Marilou me regarde, avec les mêmes points d'interrogation dans le regard.

— Eh oui, même les espions les mieux entraînés ne réussissent pas toujours, ajoute notre enseignante, tout en continuant de marcher. Et ce, même si leur cause est juste. La noblesse d'une mission ne lui assure pas le succès. Ce n'est pas un film de James Bond, c'est la vraie vie. Or dans la vraie vie, des missions échouent, des informations sont perdues à jamais, des gens meurent parfois. Vous aurez à composer avec cela un jour et à l'accepter. Nous avons tous vécu cette situation, à un moment ou à un autre.

Madame Duval jette à nouveau un regard appuyé à Vincent, mais sans air moqueur, cette fois. Ce dernier semble se renfrogner, les yeux rivés au sol. Presque honteux. Je ne sais pas pourquoi, mais je sens que ces dernières paroles étaient loin d'être gratuites ou innocentes.

Clairement, madame Duval en a profité pour tenter de passer un message à Vincent et les deux savent pertinemment de quoi il retourne ici.

Mais de quoi parle-t-elle? L'année dernière, lorsque j'avais attrapé une conversation privée entre Vincent et monsieur Marsolais, ce dernier avait aussi fait référence à une bévue que Vincent avait commise et qui le mettait fort mal à l'aise. Est-ce également de cela qu'il s'agit ici?

***

Une semaine plus tard, les cours vont bon train. Nos études ont repris leur rythme de croisière. Les cours de deuxième année semblent déjà un peu plus corsés. Il faut dire que dans notre école, la deuxième année, c'est l'équivalent de la première année de cégep – au Québec, en tout cas. Les cours de base ne sont pas les mêmes et les exigences non plus. Nous avons peut-être des cours de décryptage de codes secrets ou d'armes à feu, mais nous devons également maîtriser les mêmes notions de base comme le font les autres élèves du pays.

De plus, nous avons perdu quelques élèves après les examens de juin dernier, et nous sommes donc un peu moins nombreux. Comme on nous l'avait dit lors de notre arrivée l'an dernier, le nombre d'élèves qui finissent par décrocher un diplôme et par être recrutés par le gouvernement est faible, les exigences du programme étant très élevées. À peine dix pour cent d'entre nous seront choisis au final. Les autres seront renvoyés chez eux les uns après les autres.

Comme toujours, nous aurons deux tests importants par année, à Noël et en juin, au cours desquels près d'une vingtaine d'élèves, qui auront eu les moins bons résultats, seront renvoyés. Sur les 135 élèves qui sont arrivés l'an dernier, il en reste 95. À la fin, nous ne serons qu'une quinzaine. En tout cas, ça faisait drôle, cette année, de voir les visages ébahis des nouveaux élèves de première année, alors qu'on leur faisait visiter les lieux et qu'ils découvraient cette école si spéciale.

Nous avons commencé par les cours sur l'utilisation des armes dites « traditionnelles » avec monsieur Stewart.

Cet homme est véritablement un être à part. Adepte de philosophie et de poésie en plus de son amour pour les armes, il a le tour de nous surprendre régulièrement. C'est sûrement le seul homme qui peut parler avec émotion des lames à simple ou double tranchant, décrire leur pouvoir de perforation avec des termes presque lyriques, dépeindre la symétrie de la pointe comme il parlerait de *La Joconde*, ou s'extasier sur la qualité du métal comme un critique d'art.

« La plupart des dagues, même si elles sont assez peu utilisées de nos jours, servaient surtout à l'estoc lors d'un combat à courte distance, explique-t-il en faisant des moulinets à une vitesse impressionnante avec une dague de combat Fairbairn-Sykes[3]. C'est-à-dire qu'on l'utilisait surtout pour blesser ou tuer en se servant uniquement de la pointe. Les tranchants servaient peu. Le fait d'utiliser la taille, ou de frapper avec le tranchant de l'arme si vous préférez, faisait des entailles impressionnantes. Mais l'estoc permettait d'atteindre plus aisément les organes vitaux en combat rapproché. »

Pour appuyer ses dires, monsieur Stewart s'élance vers un mannequin à côté du tableau qui lui sert de victime pour ses démonstrations. En un quart de seconde, il plante trois fois son couteau en plein dans les côtes, si vite que nous voyons à peine la lame entrer et sortir. Si ç'avait été un véritable humain, nul doute qu'il serait mort sur le coup.

---

3   Aussi appelée « couteau FS », cette dague a été créée en 1941 par les capitaines Fairbairn et Sykes. Elle fut surtout utilisée par les commandos britanniques pendant la Seconde Guerre mondiale, mais elle est encore en usage de nos jours.

Tous les élèves restent bouche bée devant l'habileté, la souplesse et la célérité de ce cinquantenaire, pourtant petit et bedonnant. Tout le monde sait que monsieur Stewart est un ancien tireur d'élite, membre d'une escouade tactique. Mais des rumeurs courent à son sujet : il aurait aussi une formation de ninja, reçue au Japon d'un grand maître, descendant d'une école secrète de ninjutsu, fondée il y a plus de mille ans et aujourd'hui disparue. Certains racontent que dans les années 1970, monsieur Stewart a participé à des dizaines de missions ultrasecrètes internationales lors desquelles il aurait éliminé des membres influents de groupes terroristes autant que de formations politiques alors considérées comme dangereuses.

Considérant qu'en plus, il possède dans son bureau une collection d'armes japonaises telles que des sabres *wakisashis* ou *katanas* ainsi que des dagues *tanto*, ça valide drôlement cette théorie. Sans même se soucier de nos airs ébahis, monsieur Stewart poursuit son cours.

— Et si jamais votre adversaire est trop loin, mais que vous n'avez aucun autre moyen de défense sous la main…

Alors, d'un simple mouvement du poignet, il lance la dague dans les airs, au-dessus de nos têtes !

La lame aboutit en plein centre d'une cible en haut du mur, au fond de la classe. Tout le monde est encore plus impressionné et nos mentons doivent frôler nos pupitres.

— Si ce gars-là n'est pas un ancien ninja, moi je suis la fée des dents, murmure mon copain Guillaume à mon oreille.

Au même moment, mon cellulaire, que je dois garder allumé en tout temps – ordre particulier donné à tous les élèves – se met à vibrer. Un texto vient d'entrer. C'est madame Albert, l'adjointe de monsieur Frost.

Code jaune.
Rendez-vous avec monsieur Frost, salle de chauffage et chaudières, deuxième sous-sol, à la sortie du cours.

Code jaune, une urgence d'importance moyenne. Hum... une rencontre à la salle de chauffage et chaudières ? Drôle d'endroit pour un rendez-vous. Pourquoi pas dans le bureau du directeur, comme les autres fois ? S'agit-il une nouvelle mission ? Je le saurai bien assez vite.

***

Une demi-heure plus tard, je me retrouve avec Kevin, Vincent et Marilou dans la fameuse salle des chaudières de l'école. Visiblement, si je pars en mission, ils seront avec moi. Je suis heureuse à l'idée d'être avec Kevin et Marilou, avec qui je m'entends à merveille et avec qui j'ai déjà fait des missions. Cela dit, la perspective de travailler encore avec Vincent me sourit beaucoup moins. J'ai beau essayer de contrôler mes émotions, quand je le vois, j'ai encore beaucoup de mal à faire semblant de rien.

J'ai pourtant passé tout l'été à faire des exercices de méditation et de respiration que Vincent lui-même m'a enseignés l'an dernier, pour éviter d'être contrôlée par mes sentiments et de les manifester. Ça ne marche qu'à moitié. Je tente de me calmer, mais la vue et la proximité de Vincent font invariablement monter ma tension artérielle et le rouge me monte aux joues. J'ai encore de la difficulté à ne pas tenir compte des sentiments de Vincent envers moi. Et avec ma peau blanche de rouquine, ça n'aide pas beaucoup. Contrôle-toi et pense à autre chose, Ariel.

Je dévie mon regard sur la salle où nous nous trouvons. Nous sommes entourés de machines, de tuyaux, de cadrans de toutes sortes et le bruit est plutôt assourdissant. De plus, il fait chaud comme dans une bouilloire. Mais pourquoi diable nous faire venir ici ?

Je sais pertinemment que poser la question à Vincent ne servirait à rien ; il restera muet comme un coffre fermé à double tour. Comme d'habitude. Au moment où ces pensées traversent mon esprit, monsieur Frost, notre directeur, entre dans la pièce.

— Bonjour à tous, dit-il, sans expliquer le contexte bizarre de notre rencontre, comme si c'était normal d'avoir une réunion à côté de systèmes de chauffage géants.

Aussitôt, il se dirige vers l'une des immenses chaudières, au fond du local. À l'aide d'une clé, il ouvre une boîte métallique vissée au mur. Un lecteur biométrique est caché à l'intérieur de la boîte. Évidemment, j'aurais dû y songer.

Monsieur Frost appuie son pouce sur ce dernier pour en faire la lecture. Quelques secondes plus tard, une porte située derrière un gros chauffage est déverrouillée. Nous suivons monsieur Frost dans une nouvelle salle.

C'est alors que nous entrons dans une sorte de bunker en béton, équipé d'une salle de conférence, d'une grande table avec des chaises, d'écrans radars, de postes de télévision et d'appareils radio. Le tout semble presque dater de la Seconde Guerre mondiale. C'est une véritable chambre secrète fortifiée…

— Eh… ça n'apparaît nulle part sur les plans que nous avons reçus de l'école l'an dernier, remarque

Marilou, qui connaît la structure du collège sur le bout de ses doigts.

— En effet, répond monsieur Frost. Nous gardons encore certains renseignements confidentiels, y compris pour nos élèves. C'est à la fois pour la protection de l'institution que de celle de nos jeunes. Pendant la Seconde Guerre, on craignait que le ministère de la Défense nationale[4] puisse être attaqué, et on avait besoin d'un endroit où se réfugier et créer un second quartier général en cas d'assaut. C'est pour cela que les souterrains ont été créés, mais nous avons d'autres atouts dans notre manche. Cet endroit est à la fois protégé contre les bombardements, et imperméables aux ondes. En revanche, des antennes externes permettent à nos appareils de communiquer malgré tout avec l'extérieur. Tout ce qui est dit ici ne peut donc être écouté par des oreilles indiscrètes.

L'école craint-elle davantage les invasions que l'an dernier? Impossible à savoir, les explications s'arrêtent là. Visiblement, nous en savons assez à son goût. Encore un mystère que je n'éluciderai qu'avec le temps. Monsieur Frost nous désigne alors d'un mouvement de la main la grande table ovale de la salle de conférence où nous nous installons.

---

4   Ministère chargé d'assurer la défense du territoire canadien. Il est aussi responsable des Forces canadiennes, qui comprennent l'Armée canadienne.

— Comme d'habitude, dit-il, je dois vous rappeler que ce qui est dit dans cette pièce ne doit en sortir sous aucun prétexte. Pas le moindre mot à vos camarades ni à vos familles. Il n'y a que moi, ainsi que monsieur Larochelle, à qui vous pourrez parler de cette mission. Pour tous les autres, y compris les enseignants et ma secrétaire, c'est top secret. Vos coéquipiers et professeurs seront informés que vous êtes en mission, rien de plus. Si vous devez parler de ce travail entre vous, prenez les mesures de sécurité habituelles. Vous vous isolez dans une pièce fermée et vous vous assurez que personne ne peut vous écouter. Compris ?

Tout le monde acquiesce d'un seul mouvement de tête.

Monsieur Frost ouvre alors un grand dossier qu'il étale sur la table pour nous en montrer le contenu. Des photos de satellites et des feuilles de données techniques que je ne saisis pas vraiment apparaissent devant nous.

— Nous avons une nouvelle mission du SCRS[5], explique notre directeur. Cette fois, nous aurons quelque chose de plutôt particulier à chercher.

---

5   Le Service canadien du renseignement de sécurité (SCRS) est le principal
     service de renseignements du Canada. Il chapeaute les programmes de
     formation du collège.

Il nous montre alors les clichés d'un satellite fait en longueur, et muni de nombreuses soucoupes équipées de panneaux solaires, flottant en orbite autour de la Terre.

— La NASA et l'armée américaine travaillent depuis plusieurs années avec le Canada sur le projet ultrasecret Y-38C. Il s'agit d'une centrale solaire en orbite, alimentée par des panneaux. De plus, un équipement nucléaire lui permet d'envoyer de l'énergie au sol, sous forme de puissantes émissions d'ondes électromagnétiques ou, si vous préférez, de micro-ondes. Un tel faisceau concentré peut occasionner des dangers sérieux pour les autres satellites en orbites basses, les avions et même les volatiles évoluant dans l'atmosphère. Précision : on parle ici d'un rayon maser. C'est exactement le même principe qu'un rayon laser, mais fonctionnant avec des micro-ondes plutôt qu'avec de la lumière. De plus, il peut constituer une arme redoutable si le faisceau de micro-ondes est dévié, volontairement ou non, sur une zone peuplée d'êtres vivants, humains ou autres. Cela demeure également un excellent moyen d'expédier une généreuse quantité d'énergie sur un champ de bataille, par exemple, pour semer la pagaille dans le matériel électronique de l'ennemi ou même pour alimenter les troupes.

Je savais qu'on pouvait utiliser les micro-ondes de manière dangereuse, voire létale, mais je ne soupçonnais pas que l'on pouvait faire cela à de telles distances. Si c'est bien le cas, il n'y a plus de limites à ce que l'on peut accomplir sur la planète. Les frontières géographiques viennent pratiquement d'être abolies et aussi bien dire qu'on pourrait attaquer n'importe qui, n'importe où, sans que les personnes au sol aient la moindre possibilité de se défendre ou de contre-attaquer. À condition que le satellite ait la possibilité de viser adéquatement ses cibles, bien sûr. Mais avec la technologie d'aujourd'hui, je ne serais pas surprise que l'on parvienne à isoler de l'espace même une grange en Alaska au milieu d'un champ de patates arctiques. Or, sommes-nous en sécurité dans notre propre collège ? Les bardeaux du toit sont faits d'un matériau spécial qui réagit aux écarts de température, de manière à être vert l'été et blanc l'hiver, ce qui rend les bâtiments quasi indétectables des satellites. Tout de même, ça ne me rassure qu'à moitié. Évidemment, l'école doit être répertoriée quelque part de manière officielle ; est-elle pour autant protégée contre ce genre d'attaque de l'espace ? Monsieur Frost poursuit :

— Comme vous vous en doutez, il s'agit là d'une arme très puissante qui ne devrait pas tomber entre n'importe quelles mains. Un prototype de format plus petit que la version finale a été envoyé et mis en service il y a quelques mois pour effectuer des tests dans l'espace. Son existence était parfaitement confidentielle... jusqu'à tout récemment.

Nous y voilà. Je me doutais bien que cette longue mise en contexte allait nous mener vers quelque chose de plus croustillant.

— Il y a six mois, les Nord-Coréens ont lancé, dans le plus grand secret, des satellites dans l'espace. Cependant, leur objectif n'était pas d'imiter ou de concurrencer le projet Y-38C. Selon quelques sources secrètes mais officielles des services diplomatiques et militaires, un communiqué précise que ces satellites sont utilisés pour l'observation des débris spatiaux et la réalisation d'expériences scientifiques dans les techniques d'entretien de l'espace. C'est que parmi ces appareils, l'un d'eux serait muni de bras mécaniques et sa mission serait supposément de collecter des débris spatiaux. Or, peu de temps après que ces satellites nord-coréens ont été repérés par les Américains à proximité du satellite ultrasecret Y-38C, ce dernier a justement disparu des écrans radars!

— Quoi? On l'a dérobé directement dans l'atmosphère!? s'exclame Kevin.

J'admets que c'est assez hallucinant. Comment un tel appareil peut-il disparaître comme ça?

— Il est presque certain que le Y-38C a été pris par l'un des appareils équipés des bras mécaniques appartenant aux Nord-Coréens, répond monsieur Frost. Pour eux, ce serait un jeu d'enfant de procéder de la sorte, en téléguidant leur propre satellite. Les services de renseignements américains ont pu retracer le signal du satellite de manière intermittente, ce qui indique qu'il n'a pas été détruit, mais ils ont perdu sa trace en basse altitude. La dernière fois qu'ils ont eu une position, il semblerait que l'engin n'était plus dans l'atmosphère et se déplaçait à basse vitesse, ce qui laisse croire qu'il était au sol et probablement transporté dans un véhicule comme un camion.

— Dans quel but ? demande Marilou.

— Le Comité coréen de la technologie spatiale a lancé plusieurs satellites depuis 2009, répond Vincent. Cela dans un but, selon ce Comité, « de construction économique et d'amélioration du niveau de vie de la population ». Mais le Conseil de sécurité des Nations Unies considère ces tirs comme une menace directe pour les États-Unis. Ils ont dénoncé un acte « hautement provocateur » en infraction avec les résolutions de l'ONU qui leur interdisent toute activité nucléaire ou balistique. Le vol d'un satellite serait la suite logique des activités déjà entreprises jusqu'à présent.

Incroyable, tout de même. Ils ont du culot, ces Nord-Coréens. Voler un appareil de la sorte, c'est un sacré coup de maître. Et que vont-ils faire avec ça? Sûrement pas compter les pâquerettes poussant au bord du fleuve Saint-Laurent.

— Que doit-on faire, maintenant? demande Marilou, déjà impatiente de connaître les détails de l'enquête.

— Eh bien, nous avons réussi à repérer de manière presque certaine l'emplacement du satellite; il serait maintenant au Canada, plus précisément à Montréal.

À Montréal? Voilà qui est étonnant. De tous les endroits où les Nord-Coréens auraient pu aller, pourquoi cette ville? Quoique... Montréal est une plaque tournante pour le transport maritime, bien que le port ne soit plus ce qu'il était il y a plusieurs décennies. Et pourquoi pas utiliser un aéroport presque désaffecté tel que Mirabel pour faire transiter le tout à l'étranger sans soupçon?

Finalement, Montréal n'est peut-être pas un si mauvais choix.

— Selon nos sources, il est à peu près certain que le satellite serait caché dans un centre commercial de l'Ouest-de-l'Île. Dans un magasin d'électronique, La Source du futur, plus précisément.

Quoi? En voilà, une drôle d'idée!

— Mais pourquoi dissimuler un satellite dans un magasin d'électronique ? dis-je. Ce n'est pas un endroit sécurisé, ni même discret. Il y a beaucoup de monde qui y circule : le personnel, les clients. Ça en fait un lieu à risques pour dissimuler un objet, surtout de cette taille-là. Pourquoi ne pas avoir opté pour un entrepôt isolé sous haute surveillance ? C'est un choix bizarre.

— Au contraire, cela est plutôt ingénieux, rétorque Vincent.

Marilou, Kevin et moi-même le regardons, étonnés.

— Tout d'abord, qui penserait à chercher là ? dit-il. Un endroit presque public et rempli d'employés paraît hors de tout soupçon. Ensuite, ce genre de magasin possède de grands entrepôts remplis de boîtes, de cartons et de matériel électronique divers. Parfait pour dissimuler un satellite, surtout que notre prototype, avec neuf mètres de longueur sur quatre mètres et demi de largeur et une masse totale de cinq tonnes et demie, est de petite taille – pour un tel engin, du moins. De plus, notre ou nos responsables ont de bonnes chances d'être des pros de l'électronique. Être employé dans un tel commerce est la couverture parfaite pour éviter d'être repéré.

Encore une fois, Vincent fait preuve d'un jugement sans faille. Comment fait-il pour établir des liens aussi rapidement. Peut-être connaissait-il déjà tous les détails de l'affaire ?

— Bref, conclut notre directeur, mademoiselle Laforce, monsieur Swann, mademoiselle Dubois et monsieur Larochelle, vous allez être engagés par le magasin La Source du futur, afin de mener l'enquête, trouver notre agent et mettre la main sur ce satellite Y-38C. Ça tombe bien, le début de l'année scolaire est synonyme de changement de personnel et il y a alors des embauches massives. Nous devrions pouvoir vous faire engager sans avoir besoin de complices sur place. Les noms de codes pour désigner l'agent et le satellite seront « le technicien » et « le four à micro-ondes ». Nous allons vous faire parvenir les dossiers des suspects sous peu et mettre les choses en œuvre pour que vous fassiez la navette entre Gatineau et Montréal afin de continuer vos cours le plus normalement possible. Vous aurez vos horaires de travail et vos uniformes bientôt.

Et un satellite à aller chercher dans un magasin d'électronique ! En attendant, je vais devoir vendre des haut-parleurs et des imprimantes, on dirait. Ce n'est pas très excitant comme couverture, mais pour avoir l'honneur de chercher le prototype d'une arme dangereuse, c'est un petit prix à payer. Dommage que Guillaume ne soit pas de la partie, cette fois.

En tout cas, des gens parvenant à dérober un tel engin dans l'atmosphère et à le dissimuler ne sont pas des amateurs. Néanmoins, j'ai confiance. Mes coéquipiers sont super talentueux, je les ai vus à l'œuvre dans mes missions précédentes. Je suis sûre qu'on va y arriver, même si la tâche n'est pas simple. Surtout avec Kevin Swann, un gringalet mais *geek* fini et surdoué qui parviendrait à décrypter le dernier code secret de la CIA tout en prenant son petit-déjeuner. Et puis, ça doit quand même être facile à dénicher, un satellite, non ?

CHAPITRE 2
La Source du futur

Deux semaines plus tard, Marilou, Vincent, Kevin et moi sommes employés dans l'immense magasin La Source du futur. Ce dernier est situé à l'intérieur d'un gigantesque centre commercial de l'Ouest de Montréal.

Évidemment, il a encore fallu que je trouve une excuse crédible pour expliquer le fait que je fais la navette Gatineau-Montréal pour un emploi dans un magasin d'électronique, alors que je pourrais faire cela dans la ville où j'habite. La raison trouvée par le SCRS : un partenariat spécial entre le Collège et cette succursale du magasin, l'une des plus grandes de la province. Après tout, une école pour élèves surdoués – c'est la couverture officielle de notre institution – peut bien organiser des stages particuliers avec des entreprises.

Me voilà presque de retour en terrain connu, dans ma ville natale. Je suis tout près de chez mes parents, qui viennent me rendre visite dès qu'ils le peuvent. J'ai eu la chance de voir ma meilleure amie Laurence, lors d'une pause à midi. Elle a commencé ses cours de coiffure au cégep et est à la recherche d'un stage pour son diplôme.

Je tente de profiter de toutes les occasions pour la voir, car depuis que je suis à l'École des espions, je ne sais jamais combien de temps je passerai sans lui parler. Elle ne m'en veut plus comme au tout début de l'avoir un peu abandonnée pour aller à Gatineau, mais je ne tiens rien pour acquis. Laurence est une perle, un peu girouette sur le plan émotif, ce qui la rend imprévisible. En ce moment, quand on se voit, elle continue de me faire des tresses ou des chignons inusités, juste pour s'amuser. Mais elle pourrait bien ne plus me parler pendant des semaines parce qu'elle a un nouveau copain ou je ne sais pour quel motif. Elle est comme ça, Laurence.

D'ailleurs, elle m'a demandé comment les choses se passaient entre Vincent et moi depuis la rentrée scolaire. J'ai pris mon air le plus confiant et je l'ai rassurée en lui disant que tout allait bien.

J'aurais aimé que mon copain Guillaume fasse partie de la mission également. Il est pourtant très doué en électronique, lui aussi. Il est vrai que lors de notre dernière mission sur le plateau de tournage de *Maïka : une vie secrète et compliquée*, Guillaume n'a pas eu un comportement exemplaire en ne respectant pas certaines consignes du SCRS et qu'il s'est un peu fichu dans le pétrin. J'ai l'impression qu'il est « en punition » depuis[6].

En ce qui concerne Marilou, elle est la discrétion incarnée et une chercheuse hors pair, douée d'un sens de l'observation hors du commun. Vincent… Eh bien, malgré son caractère de cochon, nous savons tous qu'il est un espion surdoué. J'aurais tout de même préféré que monsieur Marsolais soit notre enseignant accompagnateur – nous ne faisons jamais de mission sans la présence d'un professeur –, d'autant plus que sa spécialité est le Traitement de données et d'espionnage électronique et informatique. Je me dis que le collège et le SCRS ont certainement leurs raisons d'avoir fait ce choix. Marilou est furtive comme un ninja, Kevin est un as de la technologie, et moi, une excellente observatrice en plus d'être douée au combat. Quant à Vincent, la liste de ses compétences d'espion doit faire 13 mètres de long.

Notre agent secret pourrait être n'importe quel employé du magasin. Néanmoins, il doit sûrement se débrouiller avec l'électronique. Ce doit aussi être une personne discrète qui sait se fondre dans son environnement. De plus, notre espion se trouve probablement chez son employeur depuis un certain temps, histoire d'avoir bien évalué le terrain, déniché

---

6   Voir *Ariel à l'École des espions*, tome 2: *Bazooka et caméras*.

une bonne cachette et acquis la confiance de ses supérieurs.

Encore une fois, il s'agit sans doute d'un agent dormant, c'est-à-dire un espion délibérément inactif pour une période indéterminée, qui travaille et fait semblant de vivre une vie parfaitement normale au sein de la population. Comme ce fut le cas lors de mes dernières missions, quoi. On dirait bien que les agents dormants sont parmi les espions les plus communs, car nous avons souvent affaire à eux.

Sans grande surprise, Kevin est affecté au département de l'informatique où il devra travailler avec Jérémie Gosselin. Âgé d'environ 25 ans, Jérémie n'est pas très grand et légèrement potelé, il a les cheveux bruns, ondulés, mi-courts, attachés en une petite queue de cheval et des yeux noirs. Le genre discret, motivé, compétent et très empressé envers les clients et ses collègues. Il a un parcours tout à fait normal : études à l'université à Québec, employé du magasin depuis des années, un vraisemblable modèle de stabilité. Évidemment, il ne faut pas se laisser berner par son allure ordinaire. Reste qu'il n'y a aucun signe suspect dans son profil.

Marilou et moi travaillons au département d'électronique et des radios, avec le superviseur Marco Demers. De taille moyenne et plutôt mince, Marco a les cheveux châtain-blond coupés en brosse, les yeux bleus derrière des lunettes en fonds de bouteille. Il est plutôt timide, mais devient un grand communicateur dès qu'il est question de technologies ou de la série télévisée *Battlestar Galactica*. Je crois qu'il a aussi une importante collection de figurines des superhéros *Marvel*.

On dirait presque le jumeau cosmique de Kevin. Dix-neuf ans, encore au cégep, Marco est employé au magasin depuis peu de temps. Il s'est démarqué par des habiletés uniques avec les composants électroniques, et il parviendrait à reconstituer des postes radio, voire des téléviseurs avec de simples pièces détachées, ce qui lui a permis de monter rapidement au poste de superviseur de son département. Ça ne fait pas de lui un coupable, mais je suis prête à parier qu'il se débrouillerait à merveille avec un satellite, si nécessaire.

Vincent, de son côté, a abouti au département des téléviseurs, avec Charles-Émile Leblanc, une espèce de grosse brute épaisse qui parle plus fort que tout le monde et qu'on entend à dix kilomètres à la ronde. Grand, les épaules carrées, un genre de barbichette au menton et les cheveux noirs courts, avec des airs de *doorman*... C'est sans doute ses capacités de grand vendeur et non son expertise en électronique qui lui ont valu ce poste. Je me demande comment Vincent, déjà asocial, va parvenir à tolérer ce crétin extraverti comme supérieur sans vouloir lui asséner un bon coup de savate en plein front. Son étonnante bêtise n'est-elle qu'une parade pour cacher un génie ? Rien n'est à négliger.

Dans tous les cas, je suis assez heureuse de ne pas être dans le même département que Vincent. Et puisque le magasin est grand, je peux passer le plus clair de mon temps sans même le voir ou le croiser. C'est déjà ça de pris, comme dit souvent ma mère.

Il y a plusieurs autres employés également, mais la plupart d'entre eux travaillent à temps partiel et ont des horaires plutôt irréguliers. Bien qu'ils demeurent suspects, leur emploi du temps leur permet difficilement de fouiller le magasin pour trouver une bonne cachette, dissimuler un engin de taille respectable dans l'entrepôt et garder un œil dessus en tout temps.

De plus, plusieurs font partie de l'Escouade Technique – surnommée familièrement E.T. à l'interne –, une équipe volante de techniciens affectés à l'entretien et au dépannage à domicile pour les clients mal pris avec leurs ordinateurs, leurs téléphones portables ou leurs téléviseurs. Ils passent donc peu de temps au commerce.

Toute cette équipe travaille sous la gouverne de monsieur Ledoux, un homme qui ne pourrait pas porter plus mal ce nom. Gérant de notre magasin, il est sévère, autoritaire et intransigeant en plus de pousser constamment ses employés pour qu'ils vendent le plus possible et obtenir ainsi le meilleur chiffre de ventes au pays.

Voilà donc notre groupe d'agents en place, toujours équipés de montres munies de caméras et de microphones, pour que le SCRS ne perde aucun renseignement et puisse surveiller ses recrues sans les mettre en danger. Vêtus de nos uniformes de magasin, c'est-à-dire une chemise blanche, des pantalons noirs et des bas blancs, nous sommes parfaitement intégrés aux membres du personnel. Des bas blancs, quelle idée. Beuah. Apparemment, c'était une exigence du président de la compagnie, un homme qui a la réputation d'être marginal, et désirant que ses employés aient un signe distinctif. Je ne peux pas dire que c'est le genre de signe pour lequel on a envie d'être reconnus. En tout cas, l'enquête peut commencer pour de bon.

***

Après une semaine, nous avons eu beau tenter de détecter un signal nous indiquant la présence du satellite Y-38C avec nos détecteurs d'ondes électromagnétiques intégrés dans nos montres, aucun résultat. D'autant plus que dans l'environnement en général, avec toute la technologie qui nous entoure, il y a beaucoup de champs électromagnétiques, créant de l'interférence. Alors dans un magasin d'électronique, c'est encore pire. Même avec des détecteurs permettant de différencier les hautes et les basses fréquences, nous ne sommes pas plus avancés. Évidemment, je ne suis pas très étonnée. Un groupe qui parvient à voler une telle machine doit être drôlement bien organisé et s'est arrangé pour la dissimuler avec efficacité.

Il faut dire que lorsque je suis entrée dans l'entrepôt du magasin la première fois, j'ai été stupéfiée. Le magasin en lui-même est pas mal grand, mais l'arrière-boutique est presque digne d'un labyrinthe. Une multitude de rangées de grandes étagères, remplies à craquer de palettes remplies de matériel et de cartons de toutes sortes, montent jusqu'au plafond. Des monte-charge sont nécessaires pour déplacer tout cela, tellement le nombre de boîtes et la grandeur de l'entrepôt sont importants.

Notre agent aurait pu dissimuler une grosse boîte avec le satellite presque n'importe où. Autant chercher une aiguille dans un champ de fraises en Saskatchewan.

Comme mes collègues, je profite de chaque occasion pour me balader ou travailler dans l'arrière-boutique, à la recherche de notre appareil. Toujours sans résultat pour le moment. Le satellite est peut-être désactivé.

Alors que je me promène discrètement dans des allées de l'entrepôt, j'aperçois, complètement au fond d'une rangée, presque caché, un petit espace de travail, entouré d'une clôture en grillage munie d'une porte. Dissimulé sous une étagère en hauteur, l'endroit n'est éclairé que par une petite lampe de bureau. Il y a une table de travail recouverte de divers composants électroniques, d'outils, d'une grosse loupe sur pied, d'un grand verre à café en carton, d'une chaise à roulettes à haut dossier. C'est à peu près tout. On ne nous a rien dit à propos de ce poste lors de notre formation à l'arrivée. Mais qu'est-ce que c'est que ce truc ?

Je m'approche subtilement de ce bureau hors du commun. J'aperçois alors un homme assis, concentré sur un travail visiblement très délicat. Le dossier de la chaise est si haut et large que je ne le voyais pas. Puisqu'il me tourne le dos, je ne vois pas son visage. Il est maigre, il a les cheveux bruns, droits, avec une coupe champignon, du genre que j'ai déjà vu sur les vieux albums des Beatles de mes parents. Il ne porte pas l'uniforme du magasin, mais un t-shirt blanc et un pantalon de jogging gris. Par contre, il porte lui aussi ces fichus de bas blancs.

Encore plus bizarre, quand on nous a présenté les autres membres du personnel, on ne nous a absolument pas parlé de l'existence de ce gars-là. Un employé mystère? Que fabrique-t-il, exactement? Et c'est quoi, cette clôture? On ne le garderait sûrement pas enfermé ici.

Je continue de marcher silencieusement dans sa direction. Je tente de voir par-dessus son épaule. À l'aide de sa loupe, il est en train de souder deux composants minuscules.

Alors que je suis à peine à quelques dizaines de centimètres de lui, ce dernier fige brusquement sans toutefois se retourner. Cela m'étonne: j'ai fait bien attention de ne pas faire de bruit, je suis rendue quand même assez expérimentée en la matière, étant donné mon entraînement. Ce gars-là a-t-il des oreilles bioniques, comme Vincent qui serait capable d'entendre une plume tomber sur le sol à trois mètres?

Au même instant, j'aperçois quelque chose qui bouge sous la table. Je sursaute lorsqu'un chien berger allemand sort de là et me regarde de ses yeux noirs menaçants. La bête, à la fourrure noire et blonde, doit peser une cinquantaine de kilos. Va-t-elle me sauter dessus et m'égorger? Je sais me battre assez bien contre un humain, mais contre un chien, c'est une autre paire de manches. Cependant, après quelques secondes à m'observer, la bête s'assoit aux côtés de son maître. Ce dernier s'est maintenant retourné sur sa chaise pour me faire face et m'examiner.

En fait, il semble plutôt fixer mon chandail de ses yeux pâles – sont-ils verts ? Je n'arrive pas à dire exactement pourquoi, mais ce type a un air franchement curieux. Est-ce sa posture particulière, avec la tête légèrement penchée en avant vers la gauche, son balancement régulier d'avant en arrière, ses bras repliés sur sa poitrine un peu comme s'il priait, les dix montres qu'il porte à ses deux poignets ou le fait qu'il refuse de me regarder en face ?

— Heu... bonjour. Je m'appelle Ariel...

— Ariel Laforce, oui. Je sais.

Sa voix aussi est curieuse, un peu nasillarde.

— Ariel Laforce, 17 ans, 1,64 m, 50,72 kg. Vous avez été embauchée à notre succursale en même temps que Vincent Larochelle, Marilou Dubois et Kevin Swann, il y a 604 362 secondes exactement.

Heu... je ne sais pas trop quoi répondre à ça. Ce type me rappelle vaguement le personnage du film *Rain Man*, que mes parents m'ont fait écouter quand j'avais 13 ans, en me disant que c'était « un grand classique du cinéma ». J'essaie d'engager la conversation avec lui d'un air le plus naturel possible. Il ne faut pas éveiller la suspicion.

— Vous… heu… vous vous appelez comment et vous faites quoi comme quoi travail, ici? Je ne vous avais jamais vu avant.

L'homme me jette un regard rapide sans lever la tête. Il semble hésiter. J'ai l'impression que je l'intimide. Il doït sûrement avoir dans la mi-vingtaine, mais quelque chose dans son comportement fait vaguement enfantin.

— Damien Allard, finit-il par murmurer.

Je remarque qu'il ne me regarde pas davantage et ne me tend pas la main. Vraiment étrange, ce type. Néanmoins, je veux savoir ce qu'il fabrique là et pourquoi personne ne nous a parlé de lui. J'essaie de me montrer la plus amicale possible.

— Et quel poste occupez-vous ici? Pourquoi on ne vous voit jamais sur le plancher?

Damien reste renfermé et ne me jette que quelques regards rapides sans répondre. En tout cas, ce type-là ne peut pas travailler avec le public. Il aurait probablement du mal à seulement approcher un client à moins de dix mètres, même avec une perche.

— Je répare, articule-t-il enfin.

Ouais, vraiment pas bavard, le gars.

— Et le chien? que je demande en prenant mon ton le plus gentil. Il est joli, dites donc. Il garde les entrepôts en dehors des heures d'ouverture pour éviter les cambriolages, c'est ça?

Si jamais des agents doivent revenir la nuit pour fouiller l'arrière-boutique et que ce berger allemand est là, les choses pourraient se compliquer. Il faudra régler le problème du chien. Et peut-être prévoir apporter quelques steaks au besoin.

Silence inconfortable, encore une fois. Il est vraiment singulier, ce Damien. Il faudra que j'informe le SCRS de sa présence dans l'entrepôt et que des recherches soient effectuées sur lui, car il a vraiment quelque chose de louche.

— C'est Bertha, elle me garde, marmonne enfin Damien.

Bertha? Je me retiens de pouffer de rire. Marrant comme nom, pour un chien. Alors, c'est une femelle. Et Damien a bien dit qu'elle le gardait, lui? Ai-je bien compris? Que signifie-t-il par là, exactement?

— Elle semble gentille, en tout cas, dis-je.

Damien reste silencieux et se dandine de plus en plus fort sur sa chaise. On dirait que je le mets mal à l'aise avec mes questions. Bon, je crois que j'ai tiré pas mal tout ce que je pouvais de cet énergumène pour le moment.

— Bien, je vais y aller, moi. Il faut que je retourne travailler. Mais, heu… je me suis comme un peu perdue. Comment dois-je faire pour retourner sur le plancher?

— Continuez tout droit, tournez deux fois à gauche, une fois à droite et…

Damien me montre vaguement du doigt où aller. Tout à coup, quelque chose tombe de sa taille. Ça ressemble à une calculatrice. Je remarque alors qu'il en a quatre attachées à ceinture. De plus en plus insolite, ce gars.

Je me penche prestement pour ramasser la calculatrice, mais Damien a été tout aussi rapide que moi. Au moment où il se saisit du petit appareil à une vitesse impressionnante – surtout pour un gars aussi loufoque et d'apparence empotée –, ma main agrippe accidentellement la sienne.

Soudainement, je me retrouve plongée dans une tempête que je n'avais pas prévue du tout!

Damien bondit sur ses pieds, brandit sa main en l'air comme si je l'avais brûlé au fer rouge et commence à pousser des cris aigus qui réveilleraient un mort! Dans un état d'apparente panique, il se met à remuer frénétiquement les mains de haut en bas, comme s'il se prenait pour un pigeon et voulait s'envoler!

Mon Dieu, mais qu'est-ce que j'ai fait?!

— Damien? Heu... Damien, je... je m'excuse. Je ne voulais pas te faire peur, je suis vraiment désolée... Je t'ai fait mal?

Je tente de poser mes mains sur ses épaules dans le but de le calmer, mais dès qu'il me voit approcher de lui, Damien se met à disjoncter encore plus! Ses hurlements redoublent encore – si c'est possible, en tout cas. Mais qu'est-ce qui lui arrive, bon sang? Il ressemble vraiment à Rain Man quand il pique une crise à l'idée de prendre l'avion.

Dans l'agitation, le chien Bertha s'interpose entre nous deux, l'air menaçant. La situation commence vraiment à dégénérer. Est-ce que je me sauve en courant et je fais semblant de rien après?

— Ariel! Mais qu'est-ce que tu as fait!?

Je me retourne. Jérémie arrive en courant. Je pense que je me suis vraiment foutue dans un sale pétrin.

— Je ne sais pas, je... je tentais de l'aider à récupérer sa calculatrice qui était tombée.

— L'as-tu touché? demande Jérémie, alors que Damien continue de hurler sa vie en faisant la danse des canards sans même se soucier de notre présence.

— Heu... oui, je lui ai pris la main sans le faire exprès.

Jérémie lève les yeux au plafond, passe une main dans ses cheveux et soupire bruyamment.

— Il ne faut surtout pas toucher Damien, jamais! dit-il, d'un air exaspéré.

— Bon, la Castafiore fait encore une crise? ajoute une autre voix dans mon dos.

Celui qui vient de parler d'un air moqueur, c'est Charles-Émile, le grand crétin du département des téléviseurs. Ce dernier regarde la scène, une expression amusée sur le visage et les mains dans les poches. Tout cela paraît le divertir comme le ferait un macaque se promenant sur un monocycle avec un chapeau de cowboy sur la tête. Bien sûr, il ne lui viendrait surtout pas à l'esprit de faire un petit geste pour nous aider.

— Ah, toi, tu n'as pas besoin d'en rajouter, hein! lui rétorque Jérémie, excédé.

Puis, il se tourne vers moi.

— Damien est autiste, ou plutôt, il souffre du syndrome d'Asperger, explique-t-il. Il est hypersensible et ne supporte pas le contact physique. Il ne faut donc jamais le toucher, tu comprends?

Oh... voilà qui explique certaines choses. Le comportement de Damien prend tout son sens, maintenant. Mais pourquoi personne ne nous a avertis de tout ça?

— Ariel, retourne à la boutique, me dit Jérémie. Je m'occupe de Damien.

Alors que je m'éloigne, je jette un regard en arrière. Jérémie s'est approché de Damien et lui parle doucement pour le tranquilliser. Charles-Émile, quant à lui, est parti faire je ne sais trop quoi.

Ouais, tout ça est franchement étrange.

***

Le SCRS a été mis au courant de la présence de Damien sur les lieux de notre enquête. Cet employé surprise sera à l'étude. Pourquoi l'existence de Damien a-t-elle été dissimulée, personne ne le sait encore.

Avec monsieur Marsolais, monsieur Frost et les autres membres de la mission, nous avons discuté brièvement du syndrome de ce dernier, afin de savoir à quoi nous en tenir.

Nous apprenons que le syndrome d'Asperger est un trouble envahissant du développement d'origine neurologique. Ce serait en partie héréditaire et ne peut être guéri.

Apparemment, les personnes atteintes ont, entre autres, un problème à décoder les stimuli sensoriels et l'information – le langage non verbal en particulier –, ce qui les empêche de répondre de façon «appropriée». Ceci nous éclaire sur le comportement curieux de Damien lors de notre rencontre.

Certains d'entre eux souffrent aussi d'hypersensibilité. Les sons trop forts, les lumières trop vives, la texture et le goût des aliments, le fait d'être touchés, et même la sensation du tissu sur leur peau peuvent s'avérer encombrants, voire douloureux. Je comprends maintenant la réaction hystérique de Damien quand j'ai saisi sa main. Le pauvre, ça ne doit pas être drôle tous les jours.

Finalement, ils préfèrent souvent l'isolement et les activités solitaires, particulièrement lorsque la quantité de stimuli devient trop grande pour être gérée. C'est sans doute pour ça que notre ami travaille dans l'entrepôt, dans son petit bureau sombre, sous une étagère. De plus, des comportements comme le balancement, le *flapping* – c'est-à-dire le fait d'agiter les mains de haut en bas –, faire des sons particuliers avec la bouche, se produisent souvent en période de stress.

Quant au chien Bertha, elle est probablement là pour l'aider à interagir et à s'intégrer à son milieu, mais aussi pour le protéger. Semble-t-il qu'elle ne le quitte jamais, même pour dormir.

Je me sens plutôt mal à l'aise, maintenant. Même si je ne savais pas que Damien avait ce syndrome, je suis embarrassée d'avoir causé autant de problèmes. Peut-être qu'il est traumatisé par ma faute, maintenant.

***

— Ariel, tu ne devineras jamais! s'exclame Laurence alors que je réponds à son appel sur Skype.

Hum… quand Laurence commence une conversation de cette manière, on peut s'attendre à tout. Elle pourrait aussi bien planifier de partir en voyage en Europe qu'avoir demandé un autographe à Zac Efron, qu'elle aurait croisé dans la rue.

— Qu'est-ce qui se passe?

— J'ai obtenu mon premier stage en coiffure!

— Oh wow, c'est super! Ç'a été drôlement rapide, dis donc. Ça fait juste un mois qu'on a recommencé l'école et tu as déjà réussi ça?

Il faut dire que ce n'est pas son premier stage, puisqu'elle avait travaillé sur le plateau de tournage de *Maïka*. Et Laurence est du genre pressé. Elle veut sûrement parfaire son expérience sur le terrain tout de suite.

— Tu ne sais pas la meilleure! poursuit Laurence.

— En effet, mais je sens que je vais le savoir dans quelques secondes.

— J'ai obtenu mon stage dans un salon qui se trouve dans le même centre commercial où tu travailles!

— Nooooon!!!

Oh oh... ça veut dire qu'on va se voir pas mal plus souvent. Normalement, je serais extatique à l'idée de passer plus de temps avec ma meilleure amie. En revanche, je sens que si elle vient me voir trop souvent au magasin, elle risque de nuire à mon travail – mon investigation, bien sûr, pas la vente de lecteurs mp3.

Je dois néanmoins réfréner mon malaise, car sinon, Laurence va trouver ça louche et elle pourrait même être insultée si je ne suis pas assez enthousiaste.

— C'est cool, hein? dit Laurence.

— Wouaaahhh... c'est vraiment génial! On va se voir plus souvent, alors.

— Avoue que c'est une belle surprise, ajoute-t-elle. Et ç'a été tellement facile, en plus.

Laurence est tout simplement incroyable, par moments. Elle a du mal à utiliser une casserole pour se cuire un œuf à la coque, mais pour attirer l'attention et la sympathie des gens, c'est une véritable experte. Quand elle décide qu'elle veut quelque chose, même une horde de morts-vivants n'arriverait pas à l'arrêter.

Et puisqu'elle est parvenue à être stagiaire sur le plateau de tournage de la série *Maïka*, travailler dans un salon de centre commercial, elle pourra faire ça les deux doigts dans le nez.

Bon, encore une fois, je vais devoir informer mes supérieurs de possibles imprévus à gérer lors de ma mission. Pas évident de toujours devoir concilier mes enquêtes avec ma vie personnelle!

Je crois que j'aurai bientôt besoin d'un clone pour tout faire!

CHAPITRE 3
La trahison des émotions

Nous voilà au mois d'octobre. La routine, tant à l'école qu'au travail, commence à être bien installée. Puisqu'un bon espion doit maîtriser pas moins de quatre langues, j'ai commencé les cours d'espagnol et, dès janvier, ce sera au tour de l'allemand. Cela est sans compter l'apprentissage des lois nationales et internationales, dont la connaissance est cruciale, du *pick-pocketing*, de la filature et de la plongée sous-marine. Ainsi que les matières de base, évidemment.

Au travail, je n'ai presque pas revu Damien depuis l'incident et je n'ai pas vraiment osé m'en approcher. Marilou et Kevin, par contre, semblent commencer à l'apprivoiser très lentement. Il faut dire que Marilou est très douce et que Kevin a une passion pour tout ce qui a trait à l'univers *geek*, ce qui lui fait sans doute un bon point commun avec Damien. Nous poursuivons nos recherches de manière méthodique en fouillant subtilement l'entrepôt, mais sans résultat pour le moment. Si le satellite Y-38C est bel et bien désactivé comme nous le soupçonnons, impossible de retracer son signal.

Même en dépêchant des équipes pour fouiner hors des heures d'ouverture, mettre la main sur ce fichu appareil prendra des mois! Non seulement l'entrepôt est vaste, mais il y a des dizaines de milliers d'articles là-dedans. Il doit sûrement y avoir une meilleure méthode, mais on ne l'a pas encore trouvée. En attendant, je me farcis des conversations des plus insolites au travail, à savoir, par exemple, si Batman pourrait battre Capitaine America en combat singulier sur un câble d'acier tendu entre deux gratte-ciel de Kuala Lumpur; ou, mieux encore: des concours de karaoké ou des simulations de *Mario Bros*, édition originale de 1983.

Je fais également de mon mieux pour fournir un service adéquat aux clients, mais donner des conseils sur des clés USB ou des cartouches d'encre, ce n'est pas super palpitant. Quand je suis à Montréal, je m'ennuie de Guillaume. Il me semble qu'avec les études qui ont repris leur rythme de croisière et mes nombreux voyages, on se voit de moins en moins.

En ce moment, j'essaie de me concentrer sur les explications de monsieur Paul Blackman, un professeur qui nous enseigne la psychologie, la lecture des expressions faciales et du langage non verbal, une compétence évidemment essentielle afin de démasquer des coupables potentiels ou lorsque nous désirons obtenir des renseignements d'espions rivaux. Cet ancien psychologue et spécialiste de la synergologie[7] est devenu un expert pour le gouvernement. Son habileté est réputée redoutable lors des interrogatoires pour le SCRS. C'est un homme d'une grande intelligence, mais à l'apparence froide et qui se montre parfois impitoyable.

Il a des cheveux châtain-blond et une barbe parfaitement taillée. Il est toujours vêtu d'un complet veston bleu ou gris pâle, avec des chaussures noires, impeccables et lustrées. Il a le dos droit, les épaules relevées et le torse bombé, et nous observe avec ses yeux turquoise comme si c'étaient des rayons X. La justesse avec laquelle il parvient à analyser nos pensées et nos émotions donne parfois des frissons dans le dos.

De plus, on jurerait parfois que son visage est en cire, tant il est inexpressif. Est-ce le fait d'avoir eu à faire autant d'analyse faciale qui l'a poussé à devenir aussi glacial? En tout cas, s'il a enseigné à Vincent à contrôler l'expression de ses émotions, celui-ci a égalé le maître. Je parie que les deux doivent s'entendre à merveille dans leur froideur commune.

Nous en sommes donc à observer l'enregistrement d'un interrogatoire du SCRS, projeté sur un écran à l'avant de la classe. Le suspect numéro un est un

---

7   Discipline permettant de décoder le langage non verbal.

jeune homme, début vingtaine, qui aurait peut-être posé une bombe dans un repaire de criminels d'une bande rivale. Il y a eu plusieurs morts, et les deux groupes, en guerre pour le contrôle de drogues et d'armes illégales, sont surveillés par le SCRS.

L'interrogateur du SCRS, que l'on ne voit pas dans la vidéo, mais dont on entend la voix, pose une question à un jeune homme attriqué comme un motard et bardé de tatouages, filmé en très gros plan. La question porte sur un autre gang de criminels. Alors que l'interrogé se prépare à ouvrir la bouche pour répondre à la question, monsieur Blackman interrompt brusquement la projection.

— Qu'avez-vous remarqué ici ? demande-t-il à la classe.

Tout le monde se regarde, étonné. Il y avait quelque chose à discerner ? On n'a eu que quelques secondes pour le faire.

— Mademoiselle Thompson ? Vous avez relevé quelque chose ? demande monsieur Blackman.

— Heu... bafouille Béatrice Thompson, surprise, bouche grande ouverte et yeux de merlan frit à l'appui.

— Inutile d'en rajouter, coupe sèchement monsieur Blackman. Vous ne savez pas.

Je souris. Depuis mon premier jour au collège, Béatrice est devenue ma pire ennemie. Son snobisme, sa façon de s'imaginer que son père riche va tout lui acheter, y compris de bonnes notes, sa méchanceté et sa jalousie envers moi m'ont toujours irritée. Elle envie non seulement le fait que je sorte avec Guillaume, le gars le plus gentil et sympathique de l'école, mais aussi ma position de première de classe autant que le fait que j'aie plus de missions à mon actif, ce qui comptera bien entendu dans nos notes finales et nos possibilités d'être recrutées par le SCRS une fois notre diplôme obtenu.

Je n'ai pas oublié non plus qu'elle a tenté de me nuire pour m'empêcher de participer à la mission sur le plateau de tournage l'an dernier. Ni que nous en sommes venues aux coups lors d'un cours de combat qui a dégénéré. Malheureusement, elle a assez de talent pour avoir évité de couler ses examens jusqu'à présent.

J'avoue ressentir de la joie à la voir un peu humiliée devant la classe; ça ne me déplaît pas du tout. D'accord, ce n'est pas gentil, mais elle ne mérite pas ma sympathie.

Monsieur Blackman poursuit son interrogatoire en coinçant d'autres élèves.

— Monsieur Bennett? demande-t-il à un autre.

— Ben... beuh..., bredouille ce dernier.

— Mademoiselle Dubois?

Marilou est également prise au dépourvu. Monsieur Blackman commence à manifester des signes d'impatience.

— Mademoiselle Laforce?

Je suis tout aussi déstabilisée que les autres. Qu'aurions-nous dû voir? Je ne sais vraiment pas. Le gars interrogé n'a rien dit et rien fait de notable.

— Messieurs et mesdemoiselles, je vais vous rappeler que le sens de l'observation est une qualité cruciale pour votre futur travail, nous sermonne monsieur Blackman. Et par là, nous n'entendons pas seulement être en mesure de relever des détails vous permettant de trouver un «point mort» dans la rue où un autre agent aurait déposé de l'information secrète à votre attention. Vous devez devenir de grands observateurs du comportement humain. Vous devez savoir détecter en moins de quelques secondes si votre interlocuteur vous ment, s'il est triste, méprisant, surpris ou autre. Vous devez sentir les émotions des gens avec qui vous travaillez, interpréter, aux battements de leurs cils, à leur moue ou au mouvement de leurs yeux l'état de leurs pensées.

Je déglutis avec peine. Tous les élèves sont pendus aux lèvres de monsieur Blackman. Je savais que le visage d'un individu pouvait en dire long, mais je ne savais pas que ces petits détails pouvaient en dire autant. Évidemment, puisque nous travaillons avec des gens qui entretiennent le secret et le mensonge chaque jour, parvenir à détecter les menteurs est capital.

— Le corps et le visage humains vous parlent, poursuit monsieur Blackman, même lorsque votre partenaire ne prononce pas le moindre mot. Vous devez donc les écouter très attentivement. Parfois, le mouvement d'un sourcil vous en dévoile plus que les mots ne vous en diront jamais. Un jour, comprendre les messages cachés que votre ennemi ne veut pas vous dévoiler vous sera salutaire. Ce sera peut-être une question de vie ou de mort. Les micro-expressions du visage, par exemple, durent en moyenne d'un quinzième à un vingt-cinquième de seconde, ce qui les rend quasiment indétectables pour la très grande majorité des gens. Mais vous n'êtes pas des gens ordinaires, vous devez absolument les repérer et les comprendre adéquatement. La personne devant vous porte-t-elle la main à sa poitrine en vous parlant? Croise-t-elle les jambes, ferme-t-elle les paupières souvent, détourne-t-elle le regard, se frotte-t-elle le dessous du nez ou le menton, tape-t-elle du doigt sur le bureau? Tous ces signes sont évocateurs et vous disent quelque chose. Vous apprendrez à les comprendre et, ensuite, vous en saurez bien plus sur les gens que vous le soupçonnez.

La classe reste silencieuse. Le discours de monsieur Blackman a provoqué un sacré effet.

— Alors, revoyons cette séquence, dit-il. Et regardez bien, cette fois.

Il recule l'enregistrement de quelques secondes, et nous repasse la scène. Tout le monde est rivé à l'écran. À nouveau, l'interrogateur du SCRS pose une question concernant un gang de criminels au jeune motard tatoué. Nous regardons attentivement les moindres inflexions de son visage.

Une nouvelle fois, monsieur Blackman arrête l'enregistrement deux secondes plus tard. Holà, c'est drôlement rapide, mais je pense avoir détecté quelque chose. Il y a eu un petit mouvement de la bouche.

— Alors, mesdemoiselles et messieurs? Qu'avez-vous vu?

Je lève la main! Je suis contente d'avoir déniché quelque chose.

— Mademoiselle Laforce?

— L'homme a légèrement remonté la partie supérieure des lèvres.

— Bien, dit monsieur Blackman d'un air satisfait. Autre chose?

Quoi, il y avait d'autres détails? Et zut. Je n'ai rien remarqué de plus.

— Heu… non, je n'ai rien vu d'autre.

— Quelqu'un a décelé autre chose? demande monsieur Blackman au reste de la classe.

Une autre main se lève. C'est Megan Walker, une élève que j'apprécie et qui a le malheur de partager sa chambre avec Béatrice.

— Les deux plis de chaque côté de son nez se sont creusés et ont remonté, répond-elle.

— Bonne réponse, dit monsieur Blackman.

Ah oui ? Je n'avais pas vu cela du tout. Notre professeur décide de nous montrer la séquence une troisième fois. Pendant à peine le quart de seconde que l'interrogé prend pour réfléchir, les côtés de son nez effectuent un très léger mouvement pendant que sa lèvre supérieure retrousse à peine d'un millimètre. Megan a vraiment un œil de lynx pour avoir remarqué ça.

— Et selon vous, que signifie tout cela ? demande monsieur Blackman. Que ressent notre interlocuteur ici ?

Nouveau silence accompagné de regards interrogateurs entre nous. Qu'est-ce que ça peut bien vouloir dire, ces mouvements subtils ? Personne n'en a la moindre idée. Notre gars pourrait ressentir n'importe quoi.

— Les deux canaux qui encadrent verticalement le nez se creusant et remontant, la bouche qui s'entrouvre, avec la partie supérieure des lèvres qui remonte, cela exprime le dégoût, affirme notre professeur.

Le dégoût ? Eh bien, je crois que personne ne l'aurait deviné.

— Pourquoi a-t-il ressenti du dégoût, monsieur ?

demande Kevin. Ce n'était qu'une simple question assez neutre, pourtant.

— Je présume que vous n'avez pas noté le moment précis où notre homme a eu ce mouvement, n'est-ce pas ? dit notre professeur.

Oh là là… parce qu'il faut repérer aussi l'instant exact où notre interlocuteur a eu sa « micro-expression » en plus ? C'est drôlement compliqué et ça demande beaucoup de concentration, tout ça.

— Notre interrogé a ressenti du dégoût très distinctement lorsque l'interrogateur du SCRS a prononcé le nom de la faction rivale, explique monsieur Blackman. L'antagonisme de l'autre bande envers celle dont notre suspect faisait partie était si fort que le simple fait d'en mentionner le nom a été suffisant pour que ce dernier soit dégoûté. Ce qui indique que notre interrogé est certainement bien embrigadé dans le groupe dont il est membre, car cette réaction est spontanée et viscérale, même s'il tente de la cacher.

— Alors, c'est bien lui qui a posé la bombe dans le local de l'autre groupe, n'est-ce pas ? demande Jimmy Bennett.

Tiens, je crois que c'est l'une des premières fois que je vois Jimmy poser une question en classe. Du genre à se fondre avec la tapisserie des murs, on ne l'entend presque jamais parler. Ancien décrocheur qui faisait des mauvais coups et se dirigeait tout droit vers une carrière criminelle, il a été recruté par le SCRS par un concours de jeux vidéo, tout comme moi.

— Ressentir des émotions même aussi fortes envers une association ennemie ne rend pas notre homme coupable, monsieur Bennett, gronde monsieur Blackman. Évitez de sauter aux conclusions.

Tout à coup, on entend des cellulaires vibrer dans la classe, mais pas le mien, pour une fois. Voilà qui me fait un drôle d'effet, car c'est presque toujours moi qui suis appelée.

Guillaume et Béatrice s'emparent de leurs téléphones. Tandis que Guillaume se saisit de son appareil, j'aperçois du coin de l'œil le texto qu'il a reçu.

Code vert.
Bureau de monsieur Frost.

Oohh... Code vert, c'est une urgence assez importante pour qu'on doive tout lâcher et même sécher nos cours, si nécessaire. Guillaume et Béatrice ont reçu un code vert? Qu'est-ce que ça peut bien être?

— Je dois y aller, ma petite sirène, murmure Guillaume en se levant.

En voyant Guillaume et Béatrice quitter précipitamment la salle pour aller à leur rendez-vous urgent, je ressens un léger pincement au cœur. Est-ce le fait de savoir que Guillaume va peut-être partir dans une mission sans moi, le fait que Béatrice y participe, ce qui la mettrait à égalité avec moi, ou simplement que les deux travaillent ensemble ?

Je devrais être contente pour Guillaume, qui ne semble plus être en probation, vraisemblablement, et va sûrement avoir un travail palpitant à faire. Mais sachant que Béatrice a toujours eu un œil sur Guillaume et ne cherche qu'à me nuire, je n'aime pas trop ça.

Espérons que je m'en fais pour rien.

***

Le soir même, lors de notre période d'études avant le souper, je révise les techniques de clés articulaires de bras pour notre cours de combat du lendemain matin avec madame Duval. Avant cela, j'ai tourné en rond autour de l'école pendant une bonne heure, sur mon *longboard*, pour éviter de me ronger les ongles jusqu'au sang en attendant que Guillaume sorte enfin du bureau du directeur. Avec le temps plutôt frisquet du mois d'octobre, j'ai fini par rentrer dans l'école, presque glacée jusqu'aux os.

Enfin, Guillaume et Béatrice entrent dans la bibliothèque où la plupart d'entre nous se trouvent. Ils ont été en réunion avec monsieur Frost pendant un bon bout de temps. Après avoir dit au revoir à Béatrice, Guillaume vient s'asseoir avec moi. Je me retiens de lui sauter dessus et l'agripper par le collet – et fusiller Béatrice du regard en même temps – tant je suis impatiente d'en savoir plus sur sa rencontre.

— Alors ? lui dis-je. Tu vas en mission ou pas ?

— Oui, j'ai un travail important à faire, moi aussi, répond-il, tout sourire.

— Dommage que je ne puisse pas savoir ce que c'est.

— Voyons, Ariel, tu sais bien que je ne peux rien te dire. On est tenus au secret absolu quand on est en mission, même avec les profs et les autres élèves. Désolé, mais je ne peux rien te dévoiler.

Je soupire. Je ressens comme une boule dans mon estomac. Je devrais être heureuse de savoir que Guillaume va avoir une mission aussi et qu'il est privilégié, notamment d'avoir retrouvé l'estime de monsieur Frost. Mais on dirait que je n'y arrive pas. J'ai beau savoir que ce silence lui est imposé, je suis déçue et même un peu blessée.

Ça m'aurait peut-être aidée à me réjouir de connaître les détails de son travail. Pour la première fois en un an, je ne pourrai pas savoir tout ce qu'il fait, mais, en plus, il va partager des secrets avec quelqu'un d'autre et pas n'importe qui : Béatrice, ma rivale. Cette perspective me dérange plus que je le croyais. Je sais que ça peut sembler un peu possessif, mais ça me heurte.

Je commence à comprendre la déception de Guillaume lorsque j'ai eu ma mission pour retrouver l'antimatière[8] et qu'il n'y était pas. Il va falloir que je m'habitue à ce genre de situations à l'avenir. Si Guillaume et moi devons être employés au SCRS, cela risque de nous arriver souvent.

Comment mes parents, tous deux agents pour le SCRS sans pourtant faire de missions ensemble, ou presque jamais, en sont-ils parvenus à gérer ce type de conditions pendant plus de vingt ans ? Comment ont-ils composé avec le secret constant avec leur entourage et même entre eux ? Cela doit exiger beaucoup de détachement de leur part. Un jour, je leur demanderai comment m'habituer à ce genre de situations frustrantes.

***

Le lendemain matin, nous sommes au cours de madame Duval pour pratiquer en duos les techniques de jiu-jitsu brésilien révisées la veille. Je suis avec Marilou et nous tentons de pratiquer une

---

8   Voir *Ariel à l'École des espions*, tome 1 : *Mathématique et bombes*.

clé de bras ou, selon le terme japonais privilégié par notre enseignante : les *kansetsu-waza*.

— Alors, explique madame Duval tandis que nous sommes déjà placés avec nos adversaires respectifs, je vous rappelle que la manipulation de l'articulation doit entraîner une douleur progressive en fonction de la force appliquée. Souvenez-vous aussi que pour le moment, il est interdit de combiner la clé articulaire avec la projection au sol de votre adversaire, à cause du risque de blessures. De plus, si votre torsion est mal effectuée ou faite trop violemment, elle peut entraîner diverses lésions sur les muscles, les tendons, les ligaments et causer une entorse, une luxation voire une fracture. Je n'ai pas envie de voir l'un de vous aboutir à l'infirmerie aujourd'hui, c'est bien compris ?

Comme d'habitude, Guillaume, qui se débrouille à merveille, assiste madame Duval de manière non officielle. Ce qui, de toute évidence, a le don d'exaspérer Vincent au plus haut point, car il ne cesse de soupirer. La présence de Guillaume semble véritablement provoquer une sorte de jalousie chez Vincent. Comme s'il percevait un rival en Guillaume.

Pourtant, même si Guillaume est un élève doué, il est encore loin d'égaler Vincent. Pour le moment, en tout cas. À moins que cette jalousie ne soit provoquée par les sentiments de Vincent à mon égard ? Rien n'est impossible. Et même Vincent, tout froid et en contrôle qu'il soit, demeure un être humain.

J'essaie de ne pas me laisser distraire par les émotions possibles de Vincent. Ça ne doit pas me toucher ou détourner mon attention de mes études. Allez, concentre-toi sur ce que tu fais, Ariel.

Je m'installe sur les tatamis avec Marilou. Nous devons faire une clé de bras. Je suis couchée sur le dos et Marilou est au-dessus de moi. Avec ma main gauche, je tente de saisir son bras droit, Marilou résiste.

Je réussis à pivoter à 90 degrés. Je pose une de mes jambes sur sa hanche et mon autre pied sur sa nuque. Enfin, je passe la jambe posée sur la hanche de Marilou de l'autre côté de la tête et je finalise ma prise et enserrant sa tête entre mes jambes.

Succès !

Alors que je me relève pour me réjouir, je sens Guillaume arriver par-derrière et saisir mon poignet gauche, tourner mon bras vers le bas, puis poser son autre main derrière mon coude, qu'il bloque complètement. En exerçant une pression sur mes articulations, il parvient à me faire plier le bras, envoyant ma main vers l'arrière, agrippe fermement mon coude, me faisant pencher brusquement en avant du même coup. Je sens une douleur terrible à mon épaule.

Aïe! Qu'est-ce qui lui prend? Je sais qu'il aime faire des démonstrations pour montrer l'étendue de son talent, mais là, il exagère.

— Faites toujours attention, mademoiselle Laforce, dit une voix au-dessus de moi. Même quand vous venez de réussir un aussi joli coup, ne baissez jamais votre garde, car un ennemi pourrait vous surprendre. Cette clé de *Kataha gaeshi* devrait vous aider à vous rappeler ce principe.

Mon Dieu, ce n'est pas Guillaume, c'est Vincent! Qui... qui a les mains posées sur moi, et le corps collé au mien! Ouache, dégueu!

Je sursaute si fort, tout en tentant de me relever, que je me déboîte presque l'épaule! Et si je croyais avoir mal quand Vincent me tordait le bras, la douleur que je ressens maintenant est tout simplement horrible, comme si on m'avait enfoncé une grande tige de métal chauffée au rouge dans l'articulation. La tête me tourne, une décharge électrique me parcourt tout le corps et je tombe à genoux sur les tatamis.

Guillaume, qui m'a vue tomber, se précipite immédiatement sur moi, inquiet.

— Ariel! crie-t-il. Ça va?

— Qu'est-ce qui vous prend, mademoiselle Laforce? s'écrie Vincent en voyant ma réaction. Vous avez perdu l'esprit? On ne tente jamais de se défaire d'une clé de cette manière! C'est malin, vous êtes blessée, maintenant.

Madame Duval accourt pour me voir.

— Ça ressemble à une entorse, dit-elle après avoir examiné mon épaule. Allez voir madame Scott à l'infirmerie. Monsieur Larochelle, accompagnez-la.

Quoi? Ah non, surtout pas lui!

— Je peux y aller seule, madame.

— Je peux aller avec elle! lancent Guillaume et Marilou d'une seule voix.

— Pas question! rétorque madame Duval. Dans votre état, c'est une mauvaise idée et vous serez mieux accompagnée par un professeur. Allez-y, monsieur Larochelle.

Zut. Quelle réaction stupide j'ai eue. Pourquoi ai-je sursauté comme ça? C'est comme si ça avait été plus fort que moi. Le contact de la peau de Vincent sur la mienne m'a donné comme un choc électrique et j'ai paniqué. Je n'arrive pas à dire si sa déclaration me met seulement dans un état de gêne intense ou carrément de dégoût. Non, dégoût est un peu fort. Aversion, peut-être? En tout cas, bravo, championne. Contrôle de soi: zéro. Nous arrivons enfin à l'infirmerie, il va pouvoir s'en aller. Sa présence à mes côtés m'agace sérieusement et, si je le pouvais, je me sauverais en courant.

— Pourquoi avez-vous tenté de vous déprendre de cette manière? demande Vincent. C'était vraiment idiot.

— Je sais. Je suis désolée, je n'ai pas réfléchi. J'ai paniqué.

— Paniqué? Mais pourquoi? Vous saviez que c'était moi, pourtant.

— Je… heu… je ne sais pas. Ça a été plus fort que moi.

Vincent me regarde en fronçant les sourcils. Bon sang, commence-t-il déjà à se douter de quelque chose?

— Tout va bien, mademoiselle Laforce? demande-t-il. Vous êtes bizarre, depuis quelque temps.

— Oui, oui, tout va bien. Maintenant, je vais aller voir madame Scott. Vous pouvez retourner au cours, je ne suis pas en danger de mort.

— Bon, comme vous voudrez.

Et sans dire un mot, il repart. C'est clair: il n'est pas dupe. Je dois absolument travailler plus fort pour contrôler mes émotions à son égard. Sinon, la vérité pourrait finir par sortir au grand jour et ça pourrait être catastrophique.

CHAPITRE 4
Des découvertes intéressantes

Je ne m'en suis pas trop mal tirée, en fin de compte, étant donné la situation. Ce n'était qu'une entorse simple de l'épaule, stade un. La moins grave. Mes ligaments n'ont eu que des lésions superficielles et je dois maintenir mon bras immobile dans une écharpe pendant presque trois semaines. Si ma blessure avait été plus grave, j'aurais pu me disloquer l'épaule, ou me déchirer complètement les ligaments, avoir besoin d'une chirurgie et être immobilisée pendant des mois!

Ça ne m'aide pas beaucoup pour la mission, tout cela. Je n'ai pas tellement besoin de mon bras pour vendre des photocopieurs, mais pour ce qui est de fouiller dans l'entrepôt, ce n'est vraiment pas pratique. Encore une chance que ce soit mon bras gauche qui est blessé alors que je suis droitière! Kevin, Marilou et Vincent paraissent néanmoins se débrouiller, même si je suis limitée physiquement et que je ne peux pas les aider autant que je le voudrais. Ils poursuivent discrètement et inlassablement leur travail de sape.

Grâce à leur passion commune pour les échecs, Kevin a même commencé à se lier d'amitié avec Marco, son jumeau cosmique, comme nous l'appelons entre nous. Ça pourrait nous être utile. Le mieux que je puisse faire, à part donner des conseils sur les télécopieurs et observer, c'est installer des décorations d'Halloween, qui approche. Grrrrr... je commence à me sentir franchement seule et inutile.

Pour être honnête, je commence à détester cette mission, qui s'avère non productive pour le moment et d'un ennui mortel. J'aurais presque envie d'avoir droit à une prise d'otages pour faire bouger les choses. Monsieur Marsolais a beau nous répéter que les travaux d'espions demandent de la patience et prennent des mois, voire des années avant de donner des résultats, ça ne me console pas beaucoup. Et puis, nos voleurs ne vont tout de même pas laisser le satellite Y-38C entreposé indéfiniment à La Source du futur ; ils ont certainement pour objectif de s'en servir à un moment donné, alors on ne peut pas se permettre de passer des années à le retrouver. De son côté, Guillaume s'absente souvent pour sa mission avec Béatrice. Et je ne sais toujours rien à ce sujet.

Étant presque immobilisée à cause de mon bras, j'ai tout de même essayé de tirer profit de ma situation et de mettre mes énergies à refaire les exercices de méditation et de contrôle de soi que Vincent m'a enseignés l'an dernier. Ironique que ça soit justement lui qui m'ait montré cela.

Je ne peux plus me permettre une autre erreur du genre avec lui. C'est trop risqué. Avoir le bras inutilisable pendant des semaines me sert de leçon, en tout cas. Je dois m'habituer à la présence quasi quotidienne de Vincent à mes côtés. Il va m'évaluer pendant les deux prochaines années et il se peut même que nous ayons à travailler ensemble si je deviens employée au SCRS. Je dois me contrôler et cesser de penser à ses sentiments envers moi quand il est à proximité.

Marilou – même si elle n'est pas au courant de ce qui s'est passé entre Vincent et moi – m'a également appris à faire de la visualisation. Je m'imagine en train de passer à côté de Vincent, sans ressentir la moindre tension dans mon corps, la moindre boule dans mon estomac, la moindre sécheresse dans ma gorge, la moindre palpitation cardiaque. Je respire lentement. Je suis d'un calme olympien.

Les exercices ont commencé à porter leurs fruits. Il m'arrive de repenser à la grande déclaration de Vincent et de me sentir gênée. Pour être honnête, je ne m'habitue pas à l'idée que ce grand et glacial Vincent-pas-de-cœur m'aime. Comme s'il y avait eu erreur sur la personne. M'imaginer que je suis peut-être dans ses pensées jour et nuit, que son cœur bat la chamade quand il me voit, qu'il sent mon parfum ou qu'il entend mon nom me fait un drôle d'effet. Toutefois, je parviens à me maîtriser de mieux en mieux quand je le vois ou que je lui parle. Au moins ça. Une bonne chose, car Vincent n'est pas le seul à se poser des questions.

— Ariel, tu es sûre que tout va bien avec Vincent ? m'a demandé Marilou le lendemain de mon accident. Ton attitude est parfois bizarre quand il est dans les parages.

— Mais oui, tout va bien. C'est juste que... qu'il m'arrive d'avoir encore des *flashs* de l'attaque qu'il a subie l'an dernier, tu comprends ? C'était un peu traumatisant, quand même.

— Peut-être que tu devrais voir le psychologue de l'école, alors. Ça pourrait t'avoir marquée plus que tu ne le crois. Sérieux, moi, à ta place, j'aurais été vraiment traumatisée. Je ne sais pas comment tu fais pour fonctionner normalement.

— Je vais y penser.

— Ben là, n'hésite pas si ça ne va pas bien. Parce que tu es toujours à cran quand il est là.

Hum... si Marilou me fait cette remarque, c'est que ma façon d'agir doit être vraiment flagrante et peut-être inquiétante. Les professeurs l'ont peut-être constaté aussi. Raison de plus pour régler ça rapidement.

— Ne t'en fais pas, Marilou. Tu sais bien que Vincent s'est toujours acharné sur mon cas et que je l'énerve, alors les relations n'ont jamais été bonnes entre lui et moi. Et je suis loin d'être la seule personne qu'il met mal à l'aise au collège.

Marilou acquiesce, mais je la sens à moitié rassurée. Le sujet est clos pour le moment.

***

Quelques semaines ont passé. C'est maintenant le vendredi soir, il est plus de 21 h, à La Source du futur, notre quart de travail est enfin terminé. Kevin, Marilou et Vincent retournent au collège ce soir alors que moi, je vais en profiter pour passer la fin de semaine chez mes parents et voir Laurence. De toute manière, ce n'est pas comme si nous avions un rapport urgent à remettre à monsieur Frost dès demain matin. Mes collègues de mission viennent d'embarquer dans une minifourgonnette en direction de Gatineau.

Je suis dans les vestiaires qui se trouvent entre le plancher du magasin et l'entrepôt, tout près de la cuisine et de la petite aire de repos des employés. Normalement, je serais partie depuis longtemps, mais j'ai un mal fou à enfiler mon manteau, avec cette stupide écharpe qui immobilise mon bras.

Alors que je peste encore contre ma manche qui refuse de coopérer, je remarque quelque chose de bizarre.

Je suis seule dans le coin des casiers. C'est inhabituel. Où sont donc les autres employés? En général, ils traîneraient un peu, discuteraient de la prochaine édition de *Grand Theft auto* autour de la machine à café ou échangeraient les infos du modèle dernier cri de tablettes. Ils n'ont pas quitté le magasin, pourtant. Soudain, j'entends des bruits par la porte de l'entrepôt. Un genre de fracas métallique, comme si un gros objet était tombé.

— Merde, attention, les gars! Vous allez le briser!

C'est la voix de Charles-Émile, le tyran des téléviseurs. Sont-ils en train de travailler dans l'arrière-boutique? Il est bien passé l'heure de la fermeture, pourtant. Et notre gérant, monsieur Ledoux, est parti. Pourquoi faire des heures supplémentaires en son absence? C'est louche. Sans faire de bruit, je m'approche de l'ouverture pour observer.

Prudente, je jette un œil discret pour ne pas me faire remarquer. Ce serait incroyable de tomber sur notre fameux satellite dans ces circonstances! Je ne veux pas me mettre inutilement dans une situation dangereuse.

Je parviens à voir un peu par l'ouverture du battant. Fausse alerte, ce n'est pas notre satellite.

Ça ressemble à un assemblage hétéroclite de bois et de métal que plusieurs employés sont en train d'assembler dans l'entrepôt, entre les rangées d'étagères.

C'est lorsque je comprends enfin ce qu'est cette découverte qu'elle m'apparaît presque aussi extraordinaire que notre satellite secret. C'est... un *skatepark!*

Pas possible! Les employés – Marco, Charles-Émile, Jérémie et plusieurs autres, dont les membres de l'Escouade Technique – sont en train de déplacer des modules de bois et de métal pour monter une aire de pratique pour faire du *skate* dans l'entrepôt! Il y a même de jeunes *skaters* qui ne sont clairement pas des préposés du magasin qui participent au montage. Le bruit que j'ai entendu s'est produit lorsque deux employés ont laissé tomber l'une des pièces par terre. Ils n'ont pas encore fini, mais je reconnais les futures formes d'un *half-pipe*, d'un *quarter-pipe*, d'un *curb*, d'un *rail* et d'un *ledge*[9].

Comment sont-ils parvenus à accomplir ce tour de force? Les employés l'ont-ils créé à l'intérieur même du magasin ou sont-ils parvenus à entrer ces gros morceaux par la grande porte de l'aire de

---

9   Le *half-pipe* est une rampe en forme de U; le *quarter-pipe* est une sorte de demi *half-pipe*, formé d'un plan incliné concave; le *curb* est un muret, sur l'arrête duquel on réalise des figures; un *rail* ressemble à un rampe d'escalier, et un *ledge* est un genre de rebord comme le *curb*, mais légèrement incliné.

réception des marchandises? Et où cachent-ils ces modules pendant les heures de travail? L'entrepôt a beau être vaste, ces pièces sont immenses, on ne peut les dissimuler si aisément. Décidément, il s'en passe des choses dans ce commerce, et le plus intéressant n'a pas lieu lors des quarts de travail.

Je suis ébahie par la besogne sûrement colossale que les employés ont faite pour accomplir un tel truc. Guillaume apprécierait certainement, lui aussi, s'il voyait cela. Ces gars-là sont drôlement débrouillards. Ils ont même apporté de la pizza, des bonbons, des boissons gazeuses et de la bière. Monsieur Ledoux ferait assurément une crise d'apoplexie s'il voyait de l'alcool dans son commerce!

Alors que je suis encore dans ces réflexions, Marco, notre *geek* de classe supérieure, se retourne et m'aperçoit. Le pauvre devient blanc comme un drap.

— Ariel? Tu... tu n'étais pas partie? bafouille-t-il, dans un état proche de la panique.

À ses paroles, tout le monde se fige dans l'entrepôt et me regarde, stupéfait, les yeux écarquillés. On jurerait qu'ils ont vu un fantôme. Visiblement, ce qu'ils font là n'est pas permis par monsieur Ledoux et je ne devrais pas me trouver ici non plus. Si je le voulais, je pourrais leur causer de sérieux ennuis. Mon cerveau fonctionne à toute vitesse; la situation est tout à fait inespérée pour moi. Je ne pouvais pas rêver de mieux pour tourner ça à mon avantage.

— Ne vous en faites pas, les gars, leur dis-je. Je ne vous dénoncerai pas à monsieur Ledoux, si c'est ça que vous craignez. Mais à une condition...

Les employés et les jeunes *skaters* se concertent du regard. Ils ne mettent pas longtemps à comprendre que je tiens le gros bout du bâton, car nous connaissons tous l'attitude intransigeante de notre gérant et sa réaction possible s'il apprend ce qui se fait dans l'arrière-boutique. Jérémie, mon supérieur immédiat, s'approche de moi.

— Quelle condition ? demande-t-il.

— Moi aussi, je veux participer à vos pratiques de *skate*.

Tout le monde s'interroge à nouveau du regard, étonné. Ils ne s'attendaient certainement pas à ce genre d'exigence de ma part. Charles-Émile éclate de rire.

— Toi ? Tu veux faire du *skate* ? s'écrie-t-il en rigolant. Petite, sais-tu seulement dans quoi tu t'embarques ?

Grrr... il m'énerve, lui ! Toujours aussi méprisant envers les autres et macho, en plus de ça. Mais je ne m'en laisserai pas imposer par ce gros grizzly sans cervelle.

— Eh ! Tu sauras que je fais du *skate* et du *longboard* depuis que j'ai dix ans ! C'est pas parce que je suis une fille que je ne connais rien là-dedans, O.K.?

— Bon, bon, te fâche pas, fillette. Je voulais juste te taquiner un peu.

Si je n'avais pas encore le bras emballé dans une écharpe comme un saucisson, je lui aurais bien fait une démonstration pour lui clouer le bec. Jérémie jette encore un regard aux autres, comme pour chercher leur approbation. Pas d'objections, on dirait que je serai adoptée sans appel.

— D'accord, dit Jérémie, mais tu dois savoir certaines choses. Si tu veux faire partie de la Confrérie secrète des *road runners*, tu devras passer notre test d'admission. Tu auras des figures à faire pour nous prouver que tu es capable de nous suivre.

La Confrérie secrète des *road runners*, comme dans le dessin animé? Je me retiens de pouffer de rire. Marrant, comme nom. Après un chien appelé Bertha, voilà des *skaters* avec des noms de bandes dessinées.

— Pas de problème, mais je ne pourrai pas le faire tout de suite, avec mon épaule blessée.

— T'inquiète pas, on attendra que tu sois guérie. Ensuite, les membres de la Confrérie doivent obéir à certaines règles. Ne jamais parler des pratiques en dehors des heures où ces dernières ont lieu, pour éviter les soupçons. Assister à au moins la moitié des pratiques, qui ont lieu tous les vendredis soirs, sinon c'est l'expulsion. Toujours participer au montage du parc lorsqu'on est présents. Être ponctuel. Toujours apporter son propre *skate*, bien sûr. S'assurer de ne laisser aucune trace du parc ni des pratiques dans l'entrepôt une fois que tout est terminé. Enfin, ne jamais dévoiler la cachette secrète où sont entreposées les pièces du parc.

Cachette secrète? Je sursaute presque en entendant ces mots. Voilà qui est très intéressant. Je me doutais bien qu'ils ne pouvaient pas dissimuler ça n'importe où. Mais alors, et si notre satellite était également entreposé au même endroit?

— La cachette secrète? Où est-elle? demandé-je.

— Désolé, Ariel, rétorque Jérémie, mais tu comprendras que tant que tu n'as pas passé ton examen d'admission et que tu n'es pas officiellement admise dans la Confrérie, nous n'allons pas te dévoiler son emplacement. Après tout, rien ne nous prouve que tu n'iras pas nous dénoncer. Et les privilèges, ça se mérite, quand même. Tu comprends?

Et zut. C'était trop beau. Et je sais que même si je menace de divulguer l'existence du parc et de la Confrérie, je n'ai pas encore de preuves sur lesquelles m'appuyer. En tout cas, pas encore. Pour l'instant, c'est ma parole contre celle de plusieurs personnes. Je sens que j'ai utilisé mon levier au maximum et que je ne peux pas vraiment pousser davantage.

Pas grave, je suis patiente. J'ai maintenant un moyen de me rapprocher de certains employés, de créer des liens avec eux et je sens que je m'approche peut-être de l'objectif de notre mission. Les choses prennent vraiment une tournure intéressante.

— Je comprends, Jérémie. En attendant, est-ce que je peux regarder votre pratique de ce soir ? Juste comme spectatrice. Je jure de respecter vos règlements à la lettre et je serai muette comme une tombe. Le secret, ça me connaît.

— J'accepte, Ariel. On te fait confiance pour le moment.

— Crois-moi, vous ne le regretterez pas.

La partie n'est peut-être pas gagnée, et je dois entrer dans leurs bonnes grâces, mais ça ne saurait tarder.

— Dans ce cas…, poursuit Jérémie en me tendant la main, bienvenue dans la Confrérie secrète des *road runners,* mademoiselle Laforce. Vous avez pour le moment le statut d'apprentie. Vous pourrez éventuellement obtenir votre statut permanent lorsque nous l'aurons décidé.

Je serre sa main, le sourire aux lèvres. Ma blessure à l'épaule a eu des répercussions positives inattendues, on dirait. Reste juste à profiter à fond de ma découverte. Le déroulement de la mission recommence enfin à être palpitant.

***

Quelques jours plus tard, mon épaule est presque guérie, mais je dois encore garder mon bandage. Je continue de me promener incognito dans l'entrepôt, cherchant toujours notre appareil.

Rien ne dit que notre espion n'actionne pas le satellite Y-38C une fois de temps en temps, surtout s'il doit travailler avec pour en comprendre le fonctionnement. Pour voir comment son système de ciblage fonctionne, peut-être ? Nous devons donc chercher un signal suspect dès que nous en avons la possibilité. J'aboutis sans m'en rendre compte près du bureau de Damien ; ce dernier est toutefois trop occupé pour remarquer ma présence.

Alors que je m'interroge à savoir si je ne devrais pas rebrousser chemin et éviter une nouvelle crise d'hystérie, j'aperçois Vincent, aux côtés de Damien. Il était caché par une colonne de boîtes. En fait, Vincent est plutôt en train de parler à Bertha, assise devant lui, et à qui il fait des signes de la main. La chienne le fixe intensément du regard, la queue battante, comme si elle attendait quelque chose de sa part. Le tout, sous l'œil calme et attentif de Damien. Mais qu'est-ce que Vincent fabrique, au juste ?

Vincent tend une petite pièce électronique à Bertha, qui la renifle frénétiquement de son museau.

Après quelques secondes, la chienne s'agite et bondit sur ses pattes. Elle semble prête à passer à l'action. Mais pour quoi ?

— Je te ramène Bertha dans quelques minutes, Damien, dit Vincent.

Damien acquiesce sans la moindre protestation. Ça, alors ! Non seulement Vincent parvient à s'entendre facilement avec Damien, mais ce dernier accepte de le voir partir avec son chien ! On nous avait pourtant dit que Bertha ne quittait jamais son maître. Voilà qui est bizarre. Vincent ne s'entend pas seulement bien avec les animaux, mais il semble avoir une facilité avec notre Asperger aussi. Est-ce parce que lui aussi a des tendances plutôt asociales ? Allez savoir.

Je me cache derrière une étagère pour éviter d'être vue. Pendant ce temps, Damien recommence à travailler sur ses pièces électroniques. Lorsque Vincent passe près de moi, il me jette un regard du coin de l'œil, un léger sourire sur les lèvres. Il n'est pas surpris, il savait que j'étais là, même si j'étais dissimulée. Discrètement, profitant du fait que Damien est concentré sur son travail, je me joins à Vincent, qui tient la laisse de Bertha, plus excitée que jamais. Je le suis, tout en gardant une distance respectable entre lui et moi. Après avoir travaillé pendant des semaines sur le contrôle de mes émotions, je me sens bien plus à l'aise en sa présence, cependant pas au point d'être trop à proximité. En attendant, Bertha tire sur sa laisse tout en reniflant fébrilement le sol.

— Vous saviez que j'étais là depuis le début?

— Comme d'habitude, votre parfum vous a trahie, mademoiselle Laforce.

J'ai un pincement à l'estomac. Bien sûr, mon parfum. Ce n'est pas la première fois qu'il me fait ce reproche. C'est bien une de mes rares formes de coquetterie, et je n'ai pas envie de m'en passer, alors il devra s'y faire. Puis, il est sûrement un des rares à le remarquer.

— Que faites-vous avec Bertha?

— Elle m'aide à trouver notre «four à micro-ondes», répond Vincent.

Ah oui, le «four à micro-ondes», le code utilisé pour le satellite.

— Mais comment?

— Ces dernières semaines, je l'ai entraînée à reconnaître l'odeur de ceci et à la trouver, dit-il me tendant la fameuse petite pièce métallique qu'il faisait sentir à la chienne il y a une minute.

Je regarde le composant électronique en question, mais je ne remarque rien de particulier.

— Il est fait d'un alliage unique et contient aussi une pièce qui émet une légère radioactivité. Rien de dangereux, je vous rassure. Avec l'entraînement que je lui ai donné, Bertha devrait pouvoir retrouver la trace de l'isotope[10] en question avec précision si tout va bien. Et ce, même plusieurs mois après que ce dernier est passé par ici.

— C'est vraiment possible? Ça doit être difficile à détecter, non?

— Les chiens, et en particulier les bergers allemands, sont d'excellents pisteurs; ils ont un odorat hypersensible. Ils peuvent même sentir des tumeurs cancéreuses chez des patients, alors des traces de radioactivité, pourquoi pas?

Quand et comment Vincent est-il parvenu à trouver le temps et les moyens d'entraîner ce chien pour une tâche aussi pointue? Je suppose qu'avec des récompenses, ça a dû aider. Comme il avait fait avec le chien sur le plateau de *Maïka*. Et comment a-t-il convaincu Damien de faire ça avec son chien-guide? Un mystère. Ce gars-là me surprendra toujours.

— Notre «four à micro-ondes» n'est-il pas équipé de matériel nucléaire, de toute façon?

— Oui. En espérant que ce dernier n'a pas été abîmé lors du transport. Car une fuite pourrait avoir de graves conséquences. Selon toute vraisemblance, il est conservé dans un endroit imperméable à la

---

10   Les isotopes radioactifs sont des atomes dont le noyau, instable, émet de la radioactivité. Ils existent naturellement mais peuvent aussi être produits artificiellement par une réaction nucléaire.

radioactivité puisque mon compteur Geiger, qui permet de mesurer un grand nombre de rayonnements différents, n'a rien détecté.

Soudainement, Bertha s'immobilise et s'assoit devant un étalage. Elle regarde Vincent avec excitation. Ce dernier sort alors une friandise pour chien de ses poches et lui donne.

— Pourquoi s'assoit-elle là?

— Eh bien, si la formation que je lui ai donnée a réussi, elle a détecté la présence de l'isotope coupable juste ici.

Quoi? Je suis stupéfiée par cette nouvelle. Il me semble que c'est presque trop facile pour être vrai.

— Hein? Aussi aisément que ça? Vous en êtes bien sûr?

— Évidemment, je ne suis pas certain à 100 % du succès de l'entraînement, mais pour le moment, les résultats sont assez probants. C'est la troisième fois que je la fais pister cette odeur et qu'elle m'amène précisément à cet endroit.

— En espérant qu'elle ne sente pas la traînée d'isotope que *vous* avez laissée en apportant votre composant électronique, souligné-je. Avec tout le respect que je vous dois.

— Je suis passé par le magasin pour me rendre à l'entrepôt, explique Vincent après avoir sourcillé un peu. Or, il y a de bonnes chances que nos voleurs soient plutôt passés par la grande porte arrière, destinée aux réceptions et aux livraisons des marchandises. Les chances que Bertha confonde les deux traces sont donc minces.

Hum... bon point, Sherlock.

— Alors, qu'est-ce qu'on attend pour fouiller les lieux ? On a quand même une bonne idée de l'endroit où se trouve notre « four à micro-ondes », non ?

— Oui et non. Tout d'abord, nous savons qu'il a transité par ici, mais nous ne savons pas s'il y est encore. Ensuite, regardez bien où nous sommes.

Je lève la tête pour observer les lieux. En examinant les alentours, je commence à comprendre le problème. Bertha a peut-être senti la trace de l'isotope ici, mais ça ne nous indique pas son emplacement exact. Au-dessus de nos têtes s'empilent quatre étages de grandes tablettes, remplies de palettes et de boîtes de carton. Aussi bien dire que ce fichu appareil pourrait être n'importe où dans ce foutoir. Le chercher là-dedans pourrait prendre encore pas mal de temps. Bref, nous sommes plus avancés, mais encore loin de notre objectif.

— Prenez ça, dit Vincent.

Il saisit ma main pour me donner la laisse de Bertha. Le contact de sa peau sur la mienne me redonne comme une décharge électrique dans le corps. Sans pouvoir me retenir, je retire ma main brusquement.

Évidemment, ce mouvement ne manque pas d'attirer l'attention de Vincent. Et zut! Ça allait bien jusqu'à maintenant, entre lui et moi. Pourquoi je n'arrive pas à contrôler ça?

— Tout va bien, mademoiselle Laforce?

— Oui, oui, tout va bien, dis-je en faisant semblant de rien.

Vincent ne dit rien, mais je vois bien à son air perplexe que mille et une questions se bousculent dans son esprit. Je reprends vite mon calme et soutiens son regard avec aplomb. Suffisamment pour détourner son attention.

Sans autre mot, Vincent se met à grimper sur les étagères et à examiner les boîtes. Après quelques minutes, il redescend.

— Que cherchiez-vous?

— Des indices que l'on aurait traîné un objet lourd, peut-être, mais je ne vois rien de suspect pour l'instant. Bon, il faut ramener Bertha à Damien avant qu'il ne s'inquiète.

Sur ce, nous retournons vers le bureau de Damien avant de rejoindre nos postes respectifs sur le plancher. Après tout, nous devons bien faire semblant de travailler aussi. Histoire d'avoir des couvertures crédibles pour notre mission.

***

Quelques jours plus tard, nous sommes revenus au collège afin de préparer notre prochaine évaluation qui aura lieu sous peu. Devrais-je fabriquer une arme à partir de simples morceaux de bois, grimper dans les arbres qui sont sur le terrain du collège pour dénicher un objet secret, ou décrypter un code particulier? Je ne le saurai qu'une fois sur place, quelques minutes avant l'évaluation. Par chance, mon épaule est maintenant guérie et je suis débarrassée de mon bandage.

En attendant ladite évaluation, Vincent m'a sommée de me rendre à son bureau après les cours. Que me veut-il, au juste?

J'entre; il m'attend, encore occupé à éplucher un dossier, bien entendu. Je crois que je ne l'ai jamais vu relaxer, avoir un passe-temps ou simplement ne rien faire. Pourtant, en dehors des heures de travail normales, les profs ont des activités, des sorties. Pas Vincent. Son bureau est toujours aussi austère. S'y entassent son pupitre, des filières, des bibliothèques et des tables recouvertes de piles de livres, de dossiers et de nombreux appareils électroniques et de surveillance. Zéro décoration pour éviter toute distraction.

— Assoyez-vous, mademoiselle Laforce, me dit-il.

J'appréhende toujours les rencontres avec Vincent, et ce, depuis le jour un de mon entrée.

Mais là, je sens que même lui est peut-être tendu. Quelque chose de désagréable se trame, je le sens. Vincent se penche vers l'arrière, bien enfoncé dans sa chaise, croise les jambes et pose ses coudes sur ses accoudoirs en croisant les mains sur son ventre.

— Mademoiselle Laforce, je n'irai pas par quatre chemins, je pense que nous avons dépassé l'étape des formules de politesse pour communiquer.

Parce qu'il a déjà utilisé des formules de politesse, lui ? Je ne voudrais pas voir quand ce n'est pas le cas.

— Qu'est-ce qui ne va pas chez vous en ce moment ? demande-t-il de but en blanc.

Je reste sonnée par la question. Je ne m'attendais pas à quelque chose d'aussi direct, même venant de lui. J'ai des bouffées de chaleur et je commence à transpirer. Génial…

— Heu… bien, je ne sais pas trop. Vous faites référence à quoi, en particulier ?

— Votre malaise constant en ma présence. Je sais bien que les relations n'ont jamais été excellentes entre vous et moi, mais depuis votre retour des vacances il y a un mois et demi, votre comportement est étrange. Qu'est-ce qui ne va pas ?

Bon sang, que puis-je répondre à ça qui va le convaincre ? Essayons la même tactique qu'avec Marilou.

— Bien, je... vous savez, il m'arrive souvent d'avoir des souvenirs qui remontent à la surface, vous comprenez? Des *flashs* de quand vous étiez blessé et mourant. Ça me perturbe encore un peu, je crois.

Vincent soupire, se penche en avant et croise maintenant ses bras sur son bureau.

— C'est compréhensible, dit-il. Vous avez vécu une expérience traumatisante et cela peut laisser des traces. Il vous faudrait peut-être l'aide d'un professionnel. Si vous avez des séquelles psychologiques, il vous faut les régler.

— Peut-être, oui, dis-je, soulagée que mon stratagème fonctionne.

— Mais ce n'est pas tout, il y a autre chose, ajoute Vincent.

— Heu... non, non, je vous assure, dis-je en sentant mes joues virer au rouge.

Vincent plisse les yeux, semble hésiter. Soudain, il penche la tête en avant et a un léger sourire.

— Il vous faudra mentir mieux que cela si vous voulez devenir une bonne espionne, mademoiselle.

Je respire avec peine. Évidemment, il sait que je mens. Ce gars-là lit dans presque n'importe quel être humain comme dans un livre ouvert. Je ne sais pas quelle excuse brillante inventer pour me justifier.

— Mes souvenirs suivant ma blessure par balle sont un peu flous, dit Vincent. Mais ils sont assez clairs pour que je me souvienne de ce que je vous ai dit.

Pardon ? Oh non, pas ça !

— Vous... heu... attendez, vous vous souvenez de... de...

— Oui, mademoiselle, soupire Vincent. Contrairement à ce que j'ai affirmé lors de votre visite à l'hôpital, je n'ai pas oublié ce que je vous ai dit lorsque j'étais mourant.

Là... là, je suis, non... je manque totalement de mots. Et j'ai de plus en plus chaud. La tête me tourne. Alors, il se souvient de m'avoir déclaré sa flamme ? Je n'y comprends plus rien.

— Mais... pourquoi m'avoir menti ?

— Je croyais que vous seriez moins mal à l'aise si je feignais d'avoir oublié. Qu'il vous serait plus aisé de prétendre que tout cela n'est jamais arrivé.

Tout ça commence à avoir du sens. De toute façon, Vincent pose rarement une question sans connaître la réponse. Il savait pertinemment pourquoi j'étais mal en sa présence. J'aurais dû le deviner. Et son mensonge pour me protéger est logique aussi. Du Vincent Larochelle tout craché.

— Et pourquoi me dire la vérité maintenant, alors ?

— Parce que clairement, vous n'arrivez pas à passer par-dessus votre indisposition. Je pense que malheureusement, nous n'avons pas le choix d'en parler et de régler ce problème. Il nous sera impossible de travailler ensemble adéquatement si vous êtes toujours intimidée en ma présence et, pour être honnête, cela m'empêche également de bien me concentrer sur mon boulot lorsque je suis avec vous. D'autant plus que les autres enseignants et notre directeur risquent de se douter que quelque chose ne tourne pas rond entre vous et moi, si ce n'est déjà fait.

— Pourtant, les relations n'ont jamais été bonnes entre vous et moi. Vous croyez qu'ils remarqueraient une différence ?

— Oui, car nos rapports ont changé de façon perceptible. Cela nuit à notre travail et c'est inacceptable.

— Et... que proposez-vous ?

Vincent me jette un regard qui paraît empreint à la fois de tristesse et de compassion. Il se frotte le visage à deux mains, comme s'il s'apprêtait à prendre une décision terrible.

— Je pense bien que je n'ai pas le choix, alors, annonce-t-il. Je ne voulais pas en arriver là, mais je ne vois pas d'autre moyen.

Que veut-il faire ? Serait-il capable de me faire renvoyer ? Vincent semble avoir beaucoup de pouvoir de persuasion auprès de monsieur Frost et, jusqu'à présent, jouir d'une immunité inébranlable. Même avec mon statut d'élève modèle, il est plus élevé que moi dans la hiérarchie de l'école, disons.

— Je vais donner ma démission du collège dès demain matin, annonce Vincent.

Quoi? Démissionner? Il n'y va pas un peu fort, là? C'est ridicule!

— Attendez, il n'y aurait pas une autre solution? Ça me semble un peu draconien, votre affaire.

— Je ne pense pas, non. Mes sentiments compliquent notre relation et je ne vous parle même pas des problèmes d'éthique que cela peut causer. Cette situation est tout à fait inadmissible. Un enseignant ne peut se permettre d'avoir de telles émotions à l'égard d'une élève. Je suis votre enseignant et vous êtes mon élève. C'est la seule forme de relation que nous avons et que nous devrions avoir. Qui plus est, nous avons quatre ans de différence et vous êtes mineure. C'est encore pire.

J'admets qu'il n'a pas tort. C'est embêtant, voire limite, tout ça. Toutefois, jusqu'à ce moment où il a avoué m'aimer, Vincent n'avait jamais laissé ses émotions nuire à son discernement. Il ne m'a jamais accordé le moindre traitement de faveur, bien au contraire.

— Cela devrait vous soulager, pourtant, dit Vincent en voyant mon air sceptique. Vous serez plus à l'aise quand je ne serai plus là et on ne se cachera pas que vous ne m'avez jamais porté dans votre cœur.

— Parce que vous étiez sévère avec moi !

— Je le suis avec tous les élèves.

— Vous l'étiez davantage avec moi, pour éviter qu'on ne soupçonne quoi que ce soit. Et je vous avoue que ça fonctionnait, car personne n'aurait jamais rien deviné.

— Maintenant, vous le savez. Et cela a changé vos rapports avec moi.

Je soupire. Oui, je me sens mal à l'aise avec lui, car j'ai du mal à oublier qu'il m'aime. Ou que cela a déjà été le cas. J'y pense presque chaque fois que je le vois. M'aime-t-il encore ? S'il en est ainsi, il le cache toujours aussi bien. C'est vrai que je ne l'apprécie pas, comme la plupart des élèves. Il est aussi aimable qu'un grizzly ! Je suis néanmoins à même de reconnaître que, comme agent, rien n'est à son épreuve. Désamorcer une bombe, décrypter un code secret ou faire une cascade à moto tout en tirant sur une cible avec une mitraillette. Il peut tout faire. Et il peut tout nous enseigner. S'il n'est pas indulgent, il a le don de pousser les élèves pour en tirer le meilleur et les mener vers la perfection. Je commence à apprécier le fait qu'il traite les élèves comme des êtres mûrs et non comme des enfants qui devraient être couvés.

Il est froid, or c'est justement cette froideur qui lui permet d'agir comme un superespion, sans la moindre faiblesse. Son jugement n'est jamais affecté par les émotions. Je n'aime pas Vincent, il me tape sur les nerfs, pourtant il est d'une fiabilité infaillible, entièrement dévoué à chacune de ses missions et je mettrais ma vie entre ses mains demain matin si on me le demandait.

Surtout, je n'ai pas oublié qu'il a frôlé la mort justement pour me sauver la vie. C'était peut-être son travail, mais il n'a pas hésité une seule seconde à le faire. J'ai l'impression de lui être redevable, en quelque sorte.

— Monsieur Larochelle, je conçois que la situation est problématique sans pour autant être insurmontable, dis-je.

— Vous avez quelque chose à proposer?

— Vous avez toujours fait en sorte de ne pas m'accorder le moindre traitement de faveur à cause de vos sentiments à mon égard, non?

— C'est exact.

— Jusqu'à être plus stricte envers moi, d'ailleurs.

— C'est vrai.

— Toutefois, jamais vous n'avez agi de manière déplacée à mon égard, et comme je vous connais, vous ne le ferez jamais.

La vérité? Vincent aimerait probablement mieux se faire rouler dessus par un camion-remorque que d'avoir le moindre comportement inconvenant envers moi. C'est monsieur intégrité et droiture, l'homme plus blanc que blanc.

— Et je me doute très bien que si vous n'aviez pas déliré à la suite de votre blessure, vous ne m'auriez jamais avoué que vous m'aimiez, poursuivis-je. Normalement, ce secret vous aurait suivi dans la tombe, n'est-ce pas?

— C'est le cas.

— Il n'y a pas eu mort d'homme, vous n'avez jamais eu le moindre geste inconvenant envers moi, et vous avez même tenté de m'aider à continuer de faire comme si de rien n'était en feignant l'oubli. La vérité, c'est que c'est moi qui ai du mal à gérer tout ça, pas vous.

— Alors? dit Vincent.

— Alors, ne changez rien à votre façon d'agir. Visiblement, ça marchait.

— Et vous? Que ferez-vous?

— Je travaillerai plus fort pour refouler les émotions que refont surface lorsque nous sommes à proximité. Je vais mettre en pratique les exercices de relaxation et de concentration que vous m'avez montrés l'an dernier. Vous m'avez déjà dit que je devais contrôler mes émotions, non l'inverse. Comme vous le faites.

— Et si vous n'y arrivez pas, me le direz-vous? demande Vincent.

— J'y arriverai. Faites-moi confiance. Et même si vous démissionnez du collège, nous nous reverrons lorsque je deviendrai une véritable agente du SCRS moi aussi. Nous aurons sûrement à travailler ensemble, alors aussi bien régler ce problème tout de suite.

Oui, c'est cela qu'il faut faire, j'en suis convaincue. Nous sommes deux espions et nous devons mener nos missions à bien. Le reste, les émotions, sont sans importance. Il faut les mettre de côté. De toute façon, qui a dit que le travail d'espion était facile et ne demandait pas de sacrifices?

— Marché conclu, alors? dis-je.

— Marché conclu.

Sur ce, Vincent se lève pour me faire comprendre que l'entretien est terminé et me tend la main de manière solennelle.

— Bonne chance, mademoiselle Laforce.

Je regarde sa main et j'hésite un moment. Je comprends que c'est une façon de sceller notre entente, notre secret, en quelque sorte. Et une manière de me tester. Si je dois mettre de côté mes émotions, encore une fois, c'est tout de suite. Je lui serre donc la main, d'une manière tout aussi solennelle. Étrangement, cela ne me fait presque rien. Pas de battement de cœur de plus ou de bouffée de chaleur. C'est bon signe, non?

— Merci, dis-je. Et bonne chance à vous aussi.

Alors que je m'apprête à sortir de son bureau, il m'appelle.

— Mademoiselle Laforce?

— Oui?

— Je tâcherai quand même d'être un peu moins sévère à votre égard. J'ai peut-être exagéré un peu. Même monsieur Marsolais me l'a déjà reproché.

— Vous marchez sur une mince ligne, monsieur Larochelle. Mais vous avez toujours été intègre et je vous fais confiance, vous saurez comment agir, j'en suis sûre.

Je sors alors de son bureau et me dirige vers la bibliothèque, car c'est la période d'études. Il ne me reste plus qu'à tenir ma promesse et la situation retournera à la normale.

***

Deux jours plus tard, nous sommes de nouveau à La Source du futur. Dire que c'est Halloween et que je suis prise à travailler ici, au lieu d'être au party du collège, comme l'an dernier. Ce fameux soir où Guillaume et moi, on s'est embrassés pour la première fois. Notre premier anniversaire et nous ne sommes même pas ensemble. Je sais bien que ce n'est pas la fin du monde, mais ça me déprime. Je m'apprête à commencer mon quart de travail et à rejoindre mes collègues du département d'électronique et des radios. Je repère alors Kevin, planté devant la rangée de casiers des employés, les bras croisés.

— Qu'est-ce que tu fais?

— As-tu remarqué quelque chose de particulier à propos de ce casier? dit-il en me pointant celui qui se trouve à l'extrémité de la rangée, à droite.

— Non, qu'y a-t-il?

— J'ai soigneusement pris en note les heures de travail, les heures de pause de tous les employés ainsi que leurs habitudes de repos, de consommation, ce qu'ils portent, le contenu de leur casier et tout, explique-t-il.

Je reconnais là Kevin. Il a dû compiler toutes ses observations et statistiques en schémas avec des pourcentages et sous forme de graphiques avec des colonnes ou en pointes de tartes. Kevin est un maître *jedi* de la *geekitude*.

— Alors? lui dis-je.

— Alors, ce casier-là n'est utilisé par absolument aucun employé et pourtant, il y a un cadenas dessus. Et j'ai vérifié: tout le monde a déjà une case assignée et je les connais par cœur. Je n'ai jamais vu personne l'ouvrir. Jamais. Ça ne concorde pas.

— Et si c'était simplement le cadenas qu'un ancien employé avait oublié ici? Ce n'est pas nécessairement suspect, tu sais. Il y a un roulement de personnel relativement important dans les commerces comme celui-ci. Ce ne serait pas surprenant qu'un ancien employé soit parti sans même reprendre ses effets s'il n'avait rien de valeur. C'est plutôt commun.

Connaissant Kevin, il n'en est pas venu à cette conclusion pour rien. Avec son don naturel de la déduction, il battrait Sherlock Holmes sur son propre terrain.

— Possible, dit-il. Mais dans ce cas, on aurait sûrement fait couper le cadenas pour reprendre possession du casier.

Ouais, connaissant également monsieur Ledoux, je reconnais que la conclusion de Kevin est très juste. Comme d'habitude.

— Alors, que soupçonnes-tu, exactement?

— Et si notre «technicien» cachait des trucs dans ce casier-là? En ne les mettant pas dans son casier habituel, il évite de se faire pincer si jamais on fouillait dans ses affaires. Ou qu'on puisse voir des trucs louches quand il ouvre sa case avant d'aller travailler, par exemple.

Hum… Kevin marque un point majeur. Il faut faire enquête.

— Et que comptes-tu faire ? lui dis-je.

— Je vais parler à monsieur Frost demain pour lui soumettre cela et savoir quels sont ses ordres.

Après en être venus à cette conclusion, Kevin et moi allons à nos postes respectifs. Mais nous savons fort bien que le SCRS ne laissera pas le mystère du casier sans propriétaire traîner bien longtemps. Nous pouvons nous attendre à avoir des consignes rapidement à ce sujet.

CHAPITRE 5
Des occasions se pointent

Maintenant que mon épaule est guérie, je suis prête pour le fameux test d'admission de la Confrérie secrète des *road runners* vendredi prochain. Il faut dire que j'ai passé plusieurs heures à m'exercer avec Guillaume dès que j'ai pu, histoire de ne pas perdre la main. Monsieur Frost m'a encouragée à miser le plus possible là-dessus et à me rapprocher des employés de La Source du futur pour grappiller de l'information capitale.

J'ai retrouvé les séances de *longboard* avec Guillaume avec beaucoup de plaisir, même s'il fait un froid de canard, avec l'automne qui est bien installé. Guillaume est très doué pour transmettre ses compétences et ses trucs, car il communique et explique vraiment bien et en plus, il a du plaisir à le faire. Et depuis nos missions respectives, on ne se voit plus autant qu'avant, sauf pendant les périodes d'études après les cours ou le soir. Ça fait un bien immense de se retrouver seul à seule, tous les deux.

Guillaume me pousse toujours à faire mieux, souligne mes petits défauts de figures, me complimente quand je fais un bon coup. Ça fait plaisir à entendre.

— Je serais vraiment curieux de savoir comment ça va te servir pour ta mission, dit-il quand nous rangeons nos *longboard* et nos manteaux dans nos casiers pour aller souper à la cafétéria.

— Désolée, mais je ne peux pas te le dire, réponds-je un peu plus sèchement que j'aurais voulu. On est tenus au secret absolu, tu te souviens ?

Je ressens comme une petite satisfaction de pouvoir lui répondre cela ; Guillaume doit le sentir, car il sourit. Il ne peut pas me donner de détails sur sa mission ? Eh bien, moi non plus. C'est la procédure, de toute façon. Guillaume s'approche de moi et passe son bras autour de mes épaules.

— Écoute, murmure-t-il à mon oreille, si je te dis simplement que ma mission est en lien avec des services diplomatiques, ça te va ?

Je me tourne vers lui, surprise. Ce n'est pas grand-chose, un petit détail, mais quand même. C'est déjà beaucoup de dévoiler même ce petit aspect. Je suis heureuse de savoir qu'il est prêt à me dire ça, même si c'est un accroc au protocole. Ça me rassure un peu de savoir que Guillaume fait cela pour moi, parce qu'il me fait confiance et qu'il veut me faire plaisir. Je vois qu'il aime toujours briser un peu les règles, bien que ce soit assez anodin.

Bon, d'accord. Je peux me permettre de lui donner une petite info banale en échange, non ?

— Bien, moi, je peux juste dire que ça va m'aider à créer des liens peut-être cruciaux pour ma mission. Voilà.

Guillaume sourit et me donne un baiser sur la joue. Pendant cet instant, je me sens bien, heureuse. Avec lui, j'oublie tous mes ennuis. Ça m'a manqué, ces petits moments de complicité. Il y en a trop peu dans nos horaires dignes de premiers ministres. Je l'enlace à mon tour et appuie ma tête sur son épaule. Je voudrais rester comme ça pendant des heures, au chaud, entre ses bras.

Mais le devoir nous appelle et, après le souper, nous avons une tonne de choses à faire pendant la période d'études.

***

Vendredi, 21 h 30. Le *skatepark* est en place et tous les membres sont présents. Jérémie, Charles-Émile, Marco – qui ne fait pas de *longboard*, mais a participé à la conception et la gestion du parc avec nul autre que Damien – et les autres se tiennent officiellement debout devant moi, tenant une extrémité de leur planche de la main droite, l'autre extrémité reposant sur le sol. Étrange de voir Damien là, mais il faut dire qu'il est dans un coin spécial bien isolé, tout près des étagères. C'est peut-être à cette condition qu'il arrive à se sentir bien, avec tout ce monde.

— Mademoiselle Laforce, déclare Jérémie, vous êtes conviée à passer votre test d'admission de la Confrérie secrète des _road runners._ Vous aurez une série de figures à faire avec votre planche afin d'être acceptée dans notre organisation et avoir accès aux privilèges que cela confère. Si vous y accédez, vous devrez également en suivre les règles à la lettre. Compris?

Je souris, profitant du moment. Ça me rappelle mon entrée au collège. Je me sens vraiment bien, en contrôle. Je vais les épater, je le sens. Et je vais clouer le bec à ce grand crétin macho de Charles-Émile.

— Je comprends.

— Alors, pour ce faire, vous devrez accomplir, dans cet ordre, les _tricks_ suivants: un _ollie_ 180, un _melon grab_, un _kickflip_ et pour finir, un _nosegrind_[11].

---

11   Un _trick_ est une figure exécutée en planche à roulettes. Un _ollie_ 180 est un saut avec un tour à 180 degrés dans les airs, un _melon grab_ consiste à attraper la planche à l'arrière avec la main de devant, un _kickflip_ consiste à faire un saut et à faire vriller la planche, lui faisant effectuer une rotation de 360°, et un _nosegrind_ s'effectue sur un élément comme une rampe ou l'arête d'un objet sur lequel le skateur glisse, le contact entre le skate et la cible s'effectuant au niveau de l'axe avant de la planche.

Le tout, sans tomber une seule fois, bien sûr. Vous n'avez pas de temps limite pour réaliser cette séquence. Commencez quand vous serez prête.

Bon, ça ne devrait pas être trop difficile. Je ne suis pas très habituée à faire des *tricks* sur du mobilier comme des rampes, mais ce qu'ils me demandent, ce n'est pas la mer à boire.

Je me positionne donc à l'extrémité du *half-pipe*, dont je dois me servir pour prendre de la vitesse et acquérir l'élan nécessaire. Je respire un grand coup et je m'élance. Je roule plusieurs fois sur la rampe en faisant des va-et-vient, et en prenant de la vitesse. Les gars ne me quittent pas des yeux une seconde. Si je fais une erreur, elle ne leur échappera pas.

Après m'être bien réchauffée, j'arrive au bout de la rampe, prends mon élan, fais mon saut et, alors que je suis dans les airs, je tourne pour effectuer mon virage à 180 degrés. Super facile, un truc de base. Je poursuis en m'élançant sur le *quarter-pipe*, cette fois. En arrivant à l'extrémité, hop!, je fais un saut dans les airs, me penche pour être presque couchée sur ma planche et j'attrape mon *skate* à l'arrière avec ma main avant pour faire mon *melon grab*. J'ai un petit moment de déséquilibre, mais je me rattrape rapidement.

Le reste sera un peu plus corsé. Une chance que j'ai fait pas mal de répétitions avec Guillaume, sinon je serais vraiment rouillée. Je change de direction, pour retourner sur le *quarter-pipe* et ensuite, sur le *half-pipe*. Ce sera plus aisé pour la suite des choses. Je recommence à faire des va-et-vient sur la rampe, pour reprendre la vitesse perdue. Quand je me sens confortable, je me prépare mentalement.

Je m'élève alors dans les airs. Comme prévu, mon pied avant dévie vers les côtés des talons et quitte la planche, pour lui donner un mouvement de vrille. Attention, je dois doser l'impulsion de mon pied arrière et bien écarter les jambes en l'air afin de laisser l'espace nécessaire pour que ma planche tourne!

Mon *skate* vrille sous mes pieds pendant que je me sens comme suspendue dans les airs. Je m'apprête à récupérer ma planche avec mes pieds et à retomber sur le sol, mais je m'aperçois que mon impulsion de départ était sans doute trop forte et que je vais atterrir à mi-chemin entre le milieu du *half-pipe* et son extrémité. Bref, en plein milieu de la courbe qui remonte. Pas prévu, ça peut me nuire!

J'atterris sur la courbe et, tenant mon *skate* d'une main, je me laisse porter par la vitesse, montant sur la courbe, pour éviter d'être déséquilibrée. À toute vitesse, je me retrouve déjà à l'extrémité de la rampe. Je saisis brusquement le rail situé au bout et m'en sers alors pour arrêter mon impulsion, effectuer un dernier saut, suivi d'un virage à 180 degrés, retomber sur la courbe et reprendre le contrôle. Ouf! Ça a marché!

Ne me reste que le dernier mouvement. Celui avec lequel je suis le moins familière. Je continue de faire des va-et-vient sur le *half-pipe*, pour me reposer un peu. J'en profite pour observer le *curb* situé après le *quarter-pipe*, sur lequel je devrai aller. Les membres de la Confrérie continuent de m'observer, prenant sûrement des notes mentales. Je me dirige lentement vers le rail de métal en question.

Juste avant d'y arriver, je fais un saut pour atterrir ensuite sur le *curb*, avec le nez de ma planche. Je me laisse glisser sur le rail avec difficulté, le dessous de mon *skate* râpe le métal et j'ai l'impression que je ralentis. Je commence à perdre l'équilibre. Je m'accroupis un peu plus pour tenter d'être plus aérodynamique et éviter de perdre davantage de vitesse. Je parviens enfin au bout du rail et me pose sur le sol. Ouf... j'ai réussi!

Je regarde les employés, en attente du verdict. Jérémie les observe aussi. Tous applaudissent enfin, satisfaits. Je suis admise pour de bon dans la Confrérie secrète des *road runners*! Il ne reste plus qu'à tirer avantage de tout cela.

***

Une heure plus tard, assise sur une palette, je discute avec Karim, un des employés de l'E.T. et visiblement un des meilleurs skateurs du groupe. Sa planche est magnifique : d'un mauve bleuté métallique et ornée de flammes jaunes et orangées. Disons qu'elle le représente bien, car Karim est un jeune technicien qui sait taper au clavier plus vite que l'éclair. Il a été élu employé du mois quatre fois dans la dernière année et a un taux de productivité quasi inégalé. C'est l'un des chouchous de monsieur Ledoux et il est à la fois doux et discret.

J'ai aussi appris que les grandes pièces du *skatepark* étaient descendues par un habile système de cordes et de poulies mis au point par Damien et Marco. Ceci, afin de ne pas utiliser les monte-charge du commerce. S'il avait fallu que ces derniers brisent à cause du parc, ils auraient été dans de beaux draps. Malheureusement, ils refusent toujours de me la montrer. Tout ce que je sais, c'est qu'elle se trouve quelque part en hauteur.

Alors que Karim et moi comparons nos *skates*, je jette un œil à la table où sont assis Marco et Damien, occupés à compiler presque compulsivement dans l'ordinateur de ce dernier tous les mouvements et les sauts effectués par les skateurs. Marco et Damien, même s'ils ne participent pas, tiennent des statistiques, des comptes-rendus et des chiffres détaillés de toutes les séances de *skate* du vendredi soir, et ce, depuis longtemps.

Je vois Charles-Émile, le Napoléon des écrans, s'approcher de Damien. Ce dernier est occupé à mesurer du sucre avec une cuillère à soupe, pour son café : un cappuccino grand format au lait sans lactose. La seule chose qu'il boit au travail. Charles-Émile arrive derrière lui et juste comme Damien s'apprête à verser son sucre minutieusement mesuré dans son gobelet, Charles-Émile lui donne un bon coup de coude sur l'épaule, renversant près de la moitié du sucre à l'extérieur du verre.

— Oups ! Excuse-moi, minaude hypocritement Charles-Émile.

Ce salopard l'a fait exprès. De son côté, Damien regarde le dégât, l'air désespéré. Sans un seul mot, il se lève, jette son café dans le lavabo et repart vers la machine pour s'en acheter un autre. Les autres employés rigolent, à part Jérémie, Karim et moi. Même si Marco était juste à ses côtés, on dirait qu'il n'a rien vu. Personne n'intervient pour défendre Damien.

— J'espère qu'il te reste assez d'argent pour t'en acheter un autre, ironise Charles-Émile, pendant que Jérémie va rejoindre Damien.

— Pourquoi fait-il ça ? dis-je à Karim.

— Je ne sais pas. Charles-Émile semble détester Damien depuis son arrivée ici. Ça a toujours été comme ça. Et personne n'ose rien dire.

Quel imbécile fini, ce Charles-Émile! Il mériterait une bonne leçon. Malheureusement, je ne peux pas me permettre d'intervenir, car Charles-Émile est un superviseur alors que je ne suis qu'une petite employée débutante. Et je ne peux me permettre de perdre mon travail ici, avec la mission en cours.

Je me promets de ne pas laisser les choses éternellement comme ça. Il ne l'emportera pas au paradis.

***

Quelques jours plus tard, Kevin et moi avons reçu l'ordre de percer le mystère du casier suspect. Nous allons crocheter la serrure du cadenas, peu avant 21 h. C'est un moment plutôt calme, où les employés sont occupés et se préparent à la fermeture.

Marilou et Vincent vont tout de même nous couvrir discrètement et s'assurer que personne ne nous dérangera dans notre tâche.

Avec l'une des techniques que monsieur Lacroix, l'as des serrures, nous a montrées, un simple trombone suffit. Kevin en a traîné un avec lui, dont il a cassé un petit bout, selon la méthode à suivre. Avec l'autre bout, il forme un petit crochet avec un angle d'un peu plus de 90 degrés.

Il insère le bout légèrement incliné du trombone dans la fente prévue pour la clé. Je sais qu'à l'intérieur du cadenas, Kevin doit y trouver un cylindre et exercer une pression sur ce dernier. Il s'y prend à quelques reprises.

Un déclic se fait alors entendre. Au même instant, Kevin pousse un hurlement de douleur en tombant sur le sol. Il se tient la main droite en gémissant et se tortillant comme un poisson pris dans un filet. Qu'est-ce qui lui prend? Il ne s'est sûrement pas coincé un doigt dans le trou de la clé, quand même. Et on risque de se faire repérer avec le boucan qu'il fait!

Je panique en voyant Kevin devenir de plus en plus blanc. Le cadenas était-il piégé? Je me dirige vers les fenêtres qui nous permettent de voir le plancher du magasin. Je fais des signes désespérés à Vincent qui se tient tout près. En voyant mon air affolé, il se dépêche d'arriver sans attirer l'attention des autres.

— Qu'est-ce qui se passe? demande-t-il.

— Je ne sais pas. Kevin a trafiqué le cadenas et soudain, il a poussé un cri, et là, il semble souffrir le martyre.

Vincent se précipite sur Kevin et l'examine pendant que ce dernier est toujours dans le même état. Il regarde la main qui semble vraiment le faire souffrir.

— Vous avez une pince à sourcils ? demande-t-il soudain.

— Heu… oui, dans ma trousse…

— J'en ai besoin, vite !

Je cours chercher ma trousse de soins, un cadeau de Laurence il y a quelques années. J'apporte le tout en quatrième vitesse. Vincent prend la pince et je le vois alors retirer quelque chose qui ressemble à un genre d'épine qui était plantée dans le doigt de Kevin. Vincent la scrute sommairement puis la met dans un sac plastique qu'il traîne toujours avec lui. Au cas où il devrait ramasser des preuves.

— Appelez le 9-1-1 immédiatement, m'ordonne Vincent. C'est urgent. Je crois qu'il est empoisonné.

Empoisonné ? Alors, le cadenas était bel et bien piégé ! Je me dépêche d'appeler des secours.

Pendant que nous attendons l'ambulance, Vincent examine Kevin, qui paraît s'affaiblir. Bon sang, pourvu qu'il tienne le coup !

— Son rythme cardiaque est très rapide et son pouls s'affaiblit, dit Vincent.

Bon sang, j'ai presque l'impression de revivre le moment où j'ai vu Vincent mourant, l'année dernière. Je tente de rester calme, mais j'ai horriblement peur pour Kevin. Et s'il ne s'en sortait pas ? Jérémie, sans doute attiré par le brouhaha, arrive dans le local.

— Je crois qu'il fait un empoisonnement alimentaire grave, ment habilement Vincent.

— Oh, je vois, répond Jérémie, clairement inquiet.

L'ambulance arrive enfin pour chercher Kevin, qui part avec Vincent, sous les yeux médusés des autres employés. Ouf… une chance que Vincent a trouvé une bonne excuse rapidement.

***

Finalement, grâce à l'épine que Vincent a apportée à l'hôpital, les médecins ont réussi à trouver le poison coupable. Par chance, il y avait un antidote. Après avoir plongé le bras de Kevin dans l'eau chaude afin de dénaturer chimiquement les protéines du venin, ils lui ont administré l'antipoison.

— L'épine trouvée appartient à une variété de poisson qu'on appelle le synancée ou poisson-pierre, nous explique monsieur Frost, alors que nous sommes dans son bureau. On le trouve dans la mer Rouge, l'océan Indien et l'océan Pacifique. C'est l'un des poissons les plus venimeux au monde. Il injecte son poison par ses épines dorsales, si dures qu'elles peuvent percer une semelle de chaussure.

— Ce n'est sûrement pas par coïncidence qu'elle s'est trouvée là, dit Marilou.

Ben tiens! Comme si une épine dorsale de poisson exotique hypervenimeux, ça pouvait se retrouver dans un cadenas comme ça, par pur hasard.

— Exact, dit monsieur Frost. C'est un système de protection en cas où quelqu'un tenterait d'ouvrir le cadenas. Sans doute notre espion a-t-il une méthode très précise pour l'ouvrir sans déclencher le piège.

— Quelqu'un ne veut vraiment pas qu'on ait accès au contenu de ce casier, en tout cas, ajoute Vincent.

— Comment va Kevin? dis-je.

— Il va bien maintenant, mais il aurait pu mourir, explique monsieur Frost. Le venin qu'il a eu est un puissant neurotoxique qui paralyse les muscles, attaque le système nerveux et peut même provoquer l'étouffement ou un arrêt cardiaque. La piqûre est également très douloureuse. Il peut se compter bien chanceux.

— J'imagine, oui, murmure Marilou.

Pauvre Kevin. Il a dû avoir très peur et souffrir le martyre.

— Pourra-t-il revenir parmi nous bientôt? demandé-je.

— Au collège, oui, dit monsieur Frost. Mais pas au magasin, son bras est encore enflé, bleu et présente des brûlures localisées. Si notre espion le voit avec cette blessure, il va se douter de la cause du malaise de Kevin. De plus, le venin reste parfois jusqu'à un mois dans le corps. Nous verrons comment il s'en remet.

— Comment allons-nous faire pour ouvrir ce fichu casier, alors ? demande Marilou.

— Patience, répond Vincent, nous allons trouver une solution, c'est sûr. Ce n'est qu'une question de temps.

Connaissant Vincent, il va sûrement trouver la bonne méthode pour contourner le problème. On va finir par savoir ce qu'il y a dans ce casier !

***

Depuis l'incident entre Charles-Émile et Damien, j'ai décidé de surveiller celui-ci de plus près. Je m'aperçois que plusieurs employés se moquent de lui et l'agacent régulièrement, même si c'est généralement Charles-Émile qui en est l'instigateur. Le tout dans le dos de monsieur Ledoux, bien sûr, car ce dernier sévirait sûrement s'il apprenait qu'un employé s'en prenait à l'un de meilleurs techniciens et réparateurs du commerce.

Car malgré ses manies étranges, telles que taper neuf fois sur son bureau chaque fois qu'il s'y assoit, avoir besoin d'une routine hyperstricte ou entretenir une fixation sur le temps et les suites de chiffres, Damien est un employé exceptionnel. Aucun appareil brisé ne lui résiste. Il peut remonter tous les rouages d'une montre en quelques heures, bâtir un ordinateur entier et fonctionnel à partir de pièces détachées, ou trouver le bogue d'un système avec une précision étonnante. Il parle assez peu, sauf pour répéter des phrases insensées comme « La trappe en haut est ouverte » ou « Le livreur du grand radio est arrivé ». Si ses propos sont incompréhensibles à l'occasion, son travail est irréprochable et il est si discret que monsieur Ledoux ne peut que l'adorer.

Le seul qui ose s'opposer ouvertement à Charles-Émile, c'est Jérémie, mon superviseur. Il semble avoir beaucoup de compassion pour Damien, car il s'occupe souvent de lui et tente de le protéger. Parfois, Charles-Émile agace également Jérémie en tirant sur sa queue de cheval et en simulant des hennissements, comme pour en rajouter et le faire sortir de ses gonds. Grrr... J'aimerais penser à un plan pour mettre ce gars hors d'état de nuire. Sans que ça compromette la mission, bien sûr. Mais comment ?

J'en suis encore à ces réflexions en me promenant dans les allées du magasin lorsqu'une voix m'interpelle.

— Ariel ? Youhou ? Tu penses à quoi, là ?

Je me retourne pour apercevoir Laurence. Je souris. Elle est probablement là depuis quelque temps à me faire des signes par-dessus la rangée de téléphones cellulaires.

— C'est l'heure de la pause dîner, dit-elle. Tu viens avec moi ?

Elle a raison, il est midi dix. J'étais si absorbée par mes pensées que je n'ai pas vu le temps passer. Il semblerait que Marilou soit revenue de sa pause depuis un certain temps, ce qui m'aurait permis de m'absenter à mon tour, mais je ne m'en suis même pas aperçue.

— Oui, désolée, j'étais dans la lune.

Laurence m'accompagne dans les vestiaires de l'arrière-boutique où je vais chercher mon porte-monnaie. Alors que nous nous préparons à sortir, nous croisons Damien lors d'une de ses rares excursions à l'extérieur de l'entrepôt.

— Bonjour Damien, dis-je en demeurant toujours à distance respectable, pour être sûre de ne pas lui faire peur.

— Bonjour, Ariel, dit-il en me regardant du coin de l'œil.

Il semble moins mal à l'aise qu'avant, toutefois je le sens encore un peu incertain à mon égard. L'apprivoiser me demandera du temps, mais j'y tiens, je veux le surveiller et lui faire sentir que je suis de son côté. En tout cas, s'il n'est pas notre espion, bien sûr. Sinon, ça me permettra peut-être de découvrir des choses incriminantes.

— Oh, le joli chien ! s'exclame Laurence en voyant le berger allemand. Comment s'appelle-t-il ?

Je tente de retenir Laurence pour éviter qu'elle ne s'agite trop et ne provoque une catastrophe comme je l'ai fait il y a quelques semaines. Elle est bien capable de flatter le chien ou de poser sa main sur l'épaule de Damien, ce qui aurait des conséquences dignes de la Troisième Guerre mondiale s'il y en avait une. Si je suis impliquée dans un autre incident avec Damien, ça pourrait me poser problème et je n'arriverai jamais à regagner sa confiance.

Dès qu'il aperçoit Laurence, le visage de Damien semble s'illuminer. Plus étonnant que ça, il sourit ! Oh, pas un grand sourire à pleines dents fendu jusqu'aux oreilles, mais un sourire quand même ! Ses yeux brillent comme si une passion venait d'être rallumée chez lui.

Ma copine a ce don incroyable d'attirer l'attention, de créer des liens et de susciter la confiance avec une facilité déconcertante. Et ce, avec tout le monde. Elle a une sorte de légèreté et de naïveté tout à fait charmantes, assorties à une chevelure blonde surmontant de grands yeux bleus qui lui donnent des airs d'ange de Noël. Je ne sais pas combien de fois dans ma vie je lui ai envié sa beauté et ses habiletés sociales!

— Elle s'appelle Bertha, répond Damien. C'est mon chien-guide.

— Elle est magnifique, dit Laurence.

Pendant un instant, Damien n'est plus l'être timide et renfermé que je connais. Il paraît tout à fait bien dans sa peau, à l'aise. On jurerait qu'il est transfiguré.

Puis, dès qu'il tourne le regard vers moi, Damien a une expression bizarre, comme si je venais de le prendre en flagrant délit de quelque chose d'interdit.

— Damien, ça va? dit une voix derrière moi.

C'est Jérémie qui vient d'entrer dans l'arrière-boutique. Il vient sans doute s'assurer que Damien, qui ne sort presque jamais de l'entrepôt, ne s'est pas perdu ou n'est pas harcelé encore par Charles-Émile. J'aime bien Jérémie, il est vraiment gentil et je trouve tellement sympathique de sa part de s'occuper de Damien. Dès que quelqu'un fait mine de s'en prendre à lui, il accourt pour le protéger. Cependant, dès qu'il a surpris mon regard, Damien se renferme aussitôt, détourne les yeux et repart prestement vers l'entrepôt sans un autre mot. Jérémie le suit aussitôt, peut-être pour le raccompagner.

Vraiment curieux, cette réaction. Ça ne correspond pas du tout à son comportement habituel. Damien commence à peine à me regarder en face quand je lui parle. Sinon, il garde toujours la tête baissée et m'observe du coin de l'œil, méfiant. Et là, il parle à Laurence très aisément. Je devrais peut-être signaler ça à mes supérieurs du SCRS, on ne sait jamais.

Sur ce, Laurence et moi retraversons le magasin et marchons vers la foire alimentaire où je compte bien me commander un superhamburger double fromage et bacon avec méga portion de frites, car je meurs de faim.

— Eh, depuis quand tu portes des bas blancs ? me demande Laurence en apercevant soudain les horreurs que j'ai aux pieds. C'est vraiment drôle, cette tenue !

***

Vincent a examiné discrètement le fameux cadenas piégé. Il a fait une chose qui nous avait échappé complètement, à moi et Kevin. La preuve que nous sommes encore des élèves en apprentissage et pas des professionnels. Le cadenas possède, caché au dos, une petite plaque qui est en fait un lecteur biométrique !

Notre espion n'utilise pas de clé pour ouvrir ce dernier, mais numérise son doigt, tout simplement. La fente pour la clé était un leurre pour les indiscrets qui allaient payer cela de leur vie. Je ne peux m'empêcher d'apprécier le côté ingénieux du système. Il fallait y penser.

Vincent a réussi à prendre l'empreinte du doigt sur le cadenas. Notre homme n'est fiché nulle part, donc aucun résultat de recherche auprès de la police. À moins qu'il ait eu assez de contacts pour faire éliminer des traces de crimes précédents. Nouvelle impasse pour l'instant...

***

Dès le lendemain, j'ai fait part de mes observations à monsieur Marsolais à propos de Damien. Monsieur Marsolais m'a paru plutôt soucieux à la lumière de mes révélations.

— Je vais transmettre ce que tu m'as dit au SCRS, m'a-t-il dit. Ça fait un certain temps que nous avons Damien à l'œil; nous sommes très perplexes à son sujet.

— Que voulez-vous dire?

— Je ne peux t'en dire davantage pour le moment, Ariel. Nous continuons d'examiner les vidéos des caméras miniatures que vous portez sur vous pour compléter nos observations. Éplucher ces informations en long et en large prend du temps. Dès que j'aurai plus de détails, je vous aviserai.

Comme pour tous nos professeurs, on peut avoir une confiance totale en lui. Tôt ou tard, nous recevrons peut-être des consignes supplémentaires ou des conclusions de la part du SCRS. Je me demande à quoi ils pensent.

Trois jours plus tard, Marco, le super-*geek*, vient me voir discrètement dans l'arrière-boutique.

— Ariel, je peux te parler une minute ?

— Heu, oui, bien sûr.

— Hem… c'est un peu gênant pour moi de te demander ça, mais… heu…

Marco tousse plusieurs fois et se racle la gorge comme s'il avait avalé douze chats.

— Est-ce que… heu… est-ce que ton amie Laurence est dispo… heu… hem… disponible ?

Disponible ? Marco pense engager Laurence au magasin ? C'est déjà beau qu'elle parvienne à utiliser un grille-pain. Non, d'accord, j'exagère un peu. Mais je ne la vois vraiment pas travailler ici.

— Tu sais, Marco, elle étudie la coiffure, et la technologie, c'est pas tellement sa tasse de thé. Sauf peut-être pour son téléphone cellulaire qui ne la quitte jamais.

— Non, non, c'est pas pour le magasin. Je veux savoir si… heu… si elle a déjà un *chum*.

— Hein ?

Je sais que parfois, je ne suis pas super vite, mais

là, il me semble que je ne comprends pas. Marco veut-il vraiment sortir avec Laurence? Sans vouloir être méchante, il n'est vraiment pas son genre. Avec ses lunettes en fonds de bouteille et sa coupe de cheveux quasi militaire, Marco a presque autant de chance d'intéresser Laurence qu'un croque-mort. Il est bien gentil et il a plein de qualités, mais Laurence a une nette préférence pour les gars qui ont des airs de *bad boy* et se promènent à moto.

Marco arriverait à peine à s'asseoir sur un tel engin et ne parviendrait pas à le soulever si ce dernier tombait. Et en plus, il a du mal à parler aux filles, surtout si elles sont jolies. À moins d'entretenir une conversation savante sur les détails du squelette d'adamantium de Wolverine, par exemple. Sujet qui ennuierait prodigieusement Laurence, j'en suis sûre.

Par ailleurs, je songe à la manière dont je pourrais tirer parti de cette situation. Les membres de la Confrérie secrète des *road runners* ne m'ont toujours pas dévoilé l'emplacement de leur cachette secrète. Apparemment, ils ne me font pas encore tout à fait confiance et je ne peux pas risquer de faire trop de pression et de me mettre les employés à dos. Mais si je tentais d'obtenir cette information de Marco?

Est-ce que je peux vraiment faire ça? Utiliser ma meilleure amie pour obtenir un tel avantage? Si je demandais à mes supérieurs, je sais qu'ils m'encourageraient à le faire. Les enjeux sont quand même importants. On parle de retrouver un satellite secret capable d'attaquer n'importe qui, n'importe où, sans que les victimes puissent contre-attaquer. Une arme très dangereuse.

— Hem... non, pas en ce moment. Pourquoi?

— Bien, heu... est-ce que... hum... penses-tu que... que tu pourrais m'arranger une rencontre avec elle?

— Hum... je vais voir ce que je peux faire, dis-je, mais évidemment, tu comprends que je ne peux rien te garantir, n'est-ce pas? C'est Laurence qui décide et je ne veux pas la forcer si ça ne lui tente pas.

— Non, non, bien sûr.

Je respire un bon coup. Ce que je m'apprête à faire là est peut-être risqué, car si Marco me dénonce auprès de la Confrérie, j'aurai perdu les avantages que j'ai gagnés, mais tant pis. Je me lance.

— Et en échange, j'aimerais te demander une faveur à mon tour, lui dis-je.

— D'accord. Que veux-tu?

— Je voudrais savoir où est la cachette secrète de la Confrérie. Personne ne m'a donné son emplacement encore.

Marco a un mouvement de recul, me regarde et fronce les sourcils, visiblement étonné – ou méfiant, peut-être. Aïe! Déjà que je viens d'enfreindre la règle de ne jamais parler de la Confrérie en dehors des heures de pratique, Marco semble vraiment trouver ma demande suspecte. Je dois trouver une bonne excuse, sinon ça risque de tourner mal pour moi.

— C'est que j'aimerais pouvoir y ranger mon *skate*, plutôt que de l'emporter avec moi chaque vendredi soir, tu comprends ? Et si monsieur Ledoux me voit venir avec ça au magasin, il va peut-être se douter de quelque chose et découvrir l'existence de la Confrérie, tu vois.

— Ah oui, bien sûr, je comprends. C'est logique.

Yes ! Peut-être que j'approche du but.

— Mais je ne peux pas te la donner comme ça.

Grrr... bon sang que c'est compliqué !

— Écoute-moi bien, Ariel. Tout ce que je peux te dire, c'est que je te laisserai un indice de son emplacement. La semaine prochaine, je laisserai notre signe distinctif sortir de la cachette. Regarde en l'air et cherche-le. Quand tu l'auras trouvé, tu sauras où la cachette se trouve.

Notre signe distinctif ? Je ne suis même pas sûre de savoir de quoi il parle. Et zut. C'est vrai que Marco prend un certain risque aussi en me donnant cette information. Bon, alors je devrai chercher ce fameux signe distinctif dans l'entrepôt. Je vais donner ce renseignement à mes coéquipiers aussi, au cas où ils le trouveraient avant moi.

— D'accord, merci. Je serai discrète, t'en fais pas. Je vais parler à ma copine et je te redonnerai des nouvelles.

— Merci.

Je m'apprête à le quitter et retourner sur le plancher du magasin, quand Marco m'appelle.

— Ariel ?

— Oui ?

— Si jamais on te pose la question, moi, je ne t'ai rien dévoilé. Je nierai tout.

— Évidemment.

Je retourne à mon département. Ça avance à pas de tortue, mais ça avance. On ne cesse de nous répéter que les missions prennent souvent des mois, voire des années, avant de produire un résultat concret. C'est donc normal, bien que ce soit frustrant. À force de persévérance, on va y arriver et le trouver, notre satellite !

***

Le temps continue de filer à vive allure. Nos évaluations mensuelles nous gardent bien occupés. Guillaume et moi n'avons plus vraiment échangé de renseignements sur nos enquêtes respectives, mais Guillaume laisse volontairement « traîner » ses dossiers sur son bureau lorsque je vais le voir dans sa chambre – par les souterrains secrets de l'école, bien sûr, car les filles ne peuvent aller dans l'aile des gars et vice versa. Bien que les couloirs soient sûrement surveillés, les élèves sont tout de même doués pour contourner la surveillance de temps en temps. Après tout, nous avons été formés pour ça. Je sais qu'il travaille dans les cuisines d'une ambassade, mais je n'ai pas pu en savoir davantage.

Ce n'est pas aussi glamour que notre mission sur le plateau de tournage avec des acteurs connus, mais pas grave, ma mission ne l'est pas non plus. Et peut-être qu'il se sert de ça pour installer les microphones sous les tables, voler des cellulaires de diplomates corrompus ou qu'il va un jour verser un sérum de vérité dans le plat d'un criminel.

Parfois, je lui rends la même faveur quand il me rend visite. Même si Marilou m'a dit ne pas être vraiment d'accord, elle m'a avoué comprendre pourquoi je le fais et a promis de ne rien dire. C'est comme une complicité secrète entre nous. J'aime bien ce petit pacte entre Guillaume et moi, nous partageons quelque chose d'unique. Une preuve d'amour, qui serait plus forte que tous les règlements de la Terre, quoi. Mais il passe beaucoup de temps en mission ou parfois même avec Béatrice, ce qui m'agace chaque fois.

En ce moment, je suis dans mon cours d'armes traditionnelles, à m'exercer à sortir rapidement ma dague de mon bas de pantalon, sans le déchirer ou me couper. Pas facile, vraiment! Je crois que ces derniers jours, j'ai déchiré trois paires de pantalons! Une chance, ce ne sont que des paires de rechange pas trop chères. Ça faisait partie du matériel demandé au début de l'année. Les gens du collège savent qu'avec tous les exercices que nous faisons, nous allons abîmer beaucoup de choses, incluant nos vêtements. Comment monsieur Stewart parvient-il à faire ça aussi vite, lui?

Comme d'habitude, Guillaume est l'un des plus doués de la classe. Il est naturellement bon dans tout ce qui implique un travail manuel requérant de la dextérité.

Soudain, j'entends mon téléphone cellulaire vibrer. C'est un texto de l'adjointe de notre directeur.

Code jaune.
Rendez-vous au bureau de monsieur Frost, à la sortie du cours.

Oh, oh... il y a du nouveau, enfin! Sûrement en rapport avec la mission. Le cours se terminant, je me rends au bureau de monsieur Frost avec Marilou et Kevin, qui va de mieux en mieux. Son bras a presque repris une apparence normale. Vincent nous rejoint. Monsieur Marsolais et monsieur Blackman sont déjà là avec monsieur Frost. Tiens, mais que fait monsieur Blackman parmi nous? Il n'était pas engagé dans notre mission, que je sache.

— Nous avons de nouvelles informations et de nouvelles consignes à vous donner, explique monsieur Frost. Nous avons examiné les vidéos enregistrées par les caméras que vous portez sur vos montres et vos lunettes, pour ceux qui en ont, du moins. Nous avons aussi pris vos témoignages et observations en considération. Il se trouve, à la lumière de tout cela, que nous avons des doutes au sujet de l'employé dénommé Damien Allard.

Au sujet de Damien? Quels doutes, exactement?

— Damien n'est peut-être pas un véritable Asperger. Peut-être fait-il semblant.

Quoi? C'est une blague?

— Mais pourquoi ferait-il ça? demande Marilou.

— Pour éviter d'éveiller les soupçons, répond monsieur Marsolais. Après tout, les gens ont tendance à croire que des personnes souffrant de ce syndrome sont assez inoffensives et ne seraient pas impliquées dans quelque chose d'illégal. Ce serait certainement une excellente couverture.

— Ce serait quand même incroyable qu'il joue la comédie tous les jours, presque vingt-quatre heures sur vingt-quatre, depuis des années! souligne Kevin.

— Oui, dit monsieur Blackman. Mais n'oubliez pas que bien des espions sont justement des as du déguisement et de la comédie. Une bonne partie de leur travail consiste à tromper les gens. Alors, c'est tout à fait possible.

— Qu'est-ce qui vous fait croire cela ? demandé-je.

— Certains de ses comportements nous laissent perplexes, dit monsieur Frost.

Vraiment ? Moi, *tous* ses comportements me laissent perplexe !

— On nous a affirmé que Bertha ne le quittait jamais sans qu'il fasse une crise d'angoisse, explique monsieur Marsolais. Or, monsieur Larochelle l'a convaincu aisément de lui « emprunter » son chien, sans problème. De plus, mademoiselle Laforce nous a souligné sa réaction, disons inusitée, quant à son comportement habituel à l'égard de Laurence Martel.

— Il y a également deux derniers détails fortement suspects que j'ai découverts tout récemment, ajoute Vincent.

— C'est-à-dire ?

— Je surveille beaucoup Damien et, hier, je l'ai vu reprogrammer quelque chose. C'était un composant identique à l'un de ceux qui se trouvent sur le satellite Y-38C.

— Quoi ? m'écriai-je. Attendez, là... Damien serait en train de reprogrammer le satellite volé ?

— On dirait que oui.

— Et le deuxième détail ? demande Kevin.

— J'ai réussi, grâce à différents stratagèmes, à prendre les empreintes digitales des employés, explique Vincent.

Comme toujours, rien n'est à son épreuve. Vincent a dû y mettre un temps fou, mais ce grand perfectionniste ne supporte pas l'échec.

— L'empreinte digitale sur le cadenas appartient à Damien, déclare Vincent. C'est donc lui qui peut ouvrir le casier.

Ça, alors ! Les preuves commencent à s'accumuler sérieusement contre lui.

— Mais qu'est-ce qu'on attend pour l'arrêter, alors ? s'écrie Marilou.

— Contrairement aux autres, je ne suis pas tout à fait convaincu que Damien fait semblant, dit Vincent. Il se pourrait que le vrai coupable l'utilise contre son gré. Nous devons en avoir le cœur net avant de faire quoi que ce soit.

— Malgré tout ça ? s'exclame Kevin.

— Il ne faut pas tirer de conclusions hâtives, dit Vincent. Il pourrait fort bien, je le répète, servir de paravent au vrai coupable.

— Alors, quelles sont les prochaines consignes à son sujet? demande Marilou.

— Tout d'abord, nous voulons que vous exerciez une surveillance plus serrée sur Damien Allard, dit monsieur Frost. Ensuite, nous allons appeler monsieur Blackman en renfort. Puisqu'il est un expert du langage non verbal, peut-être arrivera-t-il à détecter quelque chose chez notre suspect. Il viendra occasionnellement au magasin sous une fausse identité et tentera d'évaluer Damien. Évidemment, si vous le voyez, agissez comme si vous ne le connaissiez pas. Voilà, ce sont les nouvelles informations dont vous disposez.

Eh bien, cette situation me fait un drôle d'effet. Damien serait-il un faux Asperger? Ce serait incroyable! Ainsi, il serait même parvenu à tromper tout le monde, y compris Jérémie, qui le surveille pourtant de près, depuis des années. Car Damien travaille au magasin depuis huit ans et Jérémie, depuis six ans. Je n'aurais jamais suspecté un tel truc. Reste à voir si les soupçons du SCRS sont fondés.

CHAPITRE 6
Et si le coupable était un autre ?

Cinq jours plus tard, c'est la journée où Marco est censé me laisser un indice de la fameuse cachette secrète. Il a parlé de « notre signe distinctif », mais je ne sais même pas quel est ce « notre » dont il parle. Est-ce le signe des membres de la Confrérie ? Donc, serait-ce un *road runner* ? À moins que ce ne soit celui des employés de La Source du futur ? En ont-ils seulement un ? .

Bref, je ne sais même pas ce que je dois chercher exactement.

En tout cas, si Marco voulait mettre mon intelligence et ma débrouillardise à l'épreuve, il ne s'y prendrait pas autrement. Une tâche presque digne des évaluations qu'on nous fait passer au collège. Marco serait peut-être un bon prof dans notre école, en fin de compte.

« Regarde en l'air et cherche-le », m'a-t-il dit.

Dès que j'en ai l'occasion, je me promène dans l'entrepôt, feignant de chercher de la marchandise sur les étagères les plus hautes. Je tente de trouver un objet insolite qui serait accroché à une boîte, une poutre, une trappe, je ne sais trop. J'ai averti les autres membres de la mission de ce fameux indice, même si j'ignore sa nature. Après tout, peut-être que l'un d'eux arrivera à le dénicher.

Nous passons donc une partie de notre journée à fouiner dans l'entrepôt, le nez en l'air. Malheureusement, nous ne pouvons nous éloigner trop longtemps du plancher sans éveiller la suspicion, alors le temps de recherche est limité.

Il est déjà 15 h, et nous n'avons pas encore mis la main dessus. Bien qu'il ne soit pas remis à 100 % de sa blessure, Kevin a tenu à retourner travailler pour la mission. Étant donné que son bras n'est plus enflé ni bleu, il n'y a plus de traces visibles de ce qui lui est arrivé. Je sais bien que c'est notre travail, mais je trouve cela courageux. Quand je pense qu'il y a un an, il a failli quitter le collège sous prétexte qu'il avait peur du danger et ne se croyait pas assez bon... Il a clairement évolué depuis.

En tout cas, ce n'est pas évident. Et Marco ne me fait cette faveur qu'aujourd'hui. Demain, l'indice sera retiré et j'aurai manqué ma chance. J'aimerais bien demander à Marco s'il est bien sûr que son signe est bel et bien en place. Mais j'ai déjà enfreint la règle du silence une fois, je ne voudrais risquer de le faire une seconde fois.

— Que vas-tu dire à ton amie pour qu'elle accepte de sortir avec Marco? demande Marilou, alors que nous inspectons les étagères dans l'entrepôt.

— Je n'ai pas promis à Marco qu'elle sortirait avec lui, juste de lui parler. Il m'a demandé si je pouvais arranger une rencontre avec elle et je lui ai clairement répondu que je ne pouvais rien lui promettre, que je pouvais lui poser la question, mais pas la forcer.

— Ouais, quand même. C'est spécial de la part de Marco. Ça m'étonne.

— Ouin, moi aussi.

Je songe à la manière dont je devrai aborder le sujet de Marco auprès de Laurence. Ai-je bien réfléchi avant d'accéder à sa demande? Marilou a raison: c'est quand même un peu bizarre. Je sais bien que Laurence a le don de séduire les gars facilement, mais je n'aurais jamais cru que Marco, qui n'est clairement pas son genre et qui doit s'en douter, irait jusqu'à demander un rendez-vous avec elle. Peut-être se dit-il qu'il n'a rien à perdre et que « qui ne risque rien n'a rien », comme dit le proverbe.

Comme d'habitude, Marilou a relevé très vite le petit détail qui détonne dans toute l'affaire. Il y a peut-être anguille sous roche dans cette demande. De mon côté, même si je trouve cela curieux, je suis trop excitée à l'idée de tirer profit de cela que j'ai écarté mes doutes un peu trop vite.

Et je vais lui dire quoi, à Laurence? « Salut, mon collègue te trouve mignonne et voudrait savoir si tu accepterais de prendre un café avec lui. Il a l'air *geek* fini et vous n'avez sûrement rien en commun, mais il est super fin. » Pas très vendeur.

Et j'ai un malaise à utiliser un peu Laurence à son insu pour peut-être tirer avantage de quelqu'un et faire avancer mon enquête. Je sais bien que les enjeux sont grands, mais je n'aime pas cette idée malhonnête. Je suis bête de ne pas avoir songé davantage à ça avant. Je l'ai déjà fait une fois lors de ma dernière mission, mais ça ne veut pas dire que je devrais accepter automatiquement de le faire chaque fois qu'on me le demande.

Il faut que je trouve un moyen de me démerder avec toute cette situation.

Alors que je scrute distraitement les hauteurs, quelque chose accroche mon regard. Un objet blanc, mou, pend du plafond, presque au-dessus de nos têtes. Qu'est-ce que c'est que ça? Je plisse les yeux pour distinguer ce dont il s'agit.

— Marilou, regarde en haut. Qu'est-ce que c'est?

Aussitôt, elle sort une longue-vue miniature de sa poche et observe la chose en question.

— Mais c'est… un bas blanc! s'exclame-t-elle.

Je regarde à mon tour avec la lentille. Il s'agit bien d'un bas blanc qui semble coincé dans une discrète ouverture du plafond que je n'avais pas remarquée jusque-là.

Qu'est-ce que ce bas fabrique là ? Comment a-t-il pu se retrouver à cet endroit ? Et si c'était…

Bien sûr ! Les bas blancs, c'est le signe distinctif qu'a voulu notre marginal président de compagnie pour ses employés. Voilà ce que Marco voulait dire ! C'est donc ça, son indice !

La voilà, la cachette secrète. Une trappe quasi invisible dans le plafond de l'entrepôt et franchement difficile d'accès. Les membres de la Confrérie y dissimulent les pièces du *skatepark*. Ils descendent vraiment ces morceaux immenses de cette hauteur ? Cela rend l'exploit encore plus impressionnant.

Qui plus est, la fameuse trappe secrète se trouve précisément à l'endroit où Bertha a trouvé la trace de l'isotope coupable. Méchante coïncidence, quand même. Ça démontre avec encore plus de certitude que notre satellite est là ou est passé par là.

Je texte aussitôt monsieur Marsolais pour l'avertir. Je suis plus que jamais convaincue que nous approchons du but : trouver le satellite Y-38C.

***

De retour au collège, les préparatifs pour notre premier examen de l'année, en décembre, vont bon train. Chaque fois, une vingtaine d'élèves, qui auront eu les moins bons résultats, seront éliminés du programme. Et bien sûr, pas moyen de savoir d'avance de quoi il retourne pour bien se préparer. Nous devons donc réviser tout ce que nous avons appris au cours de l'année.

Aujourd'hui, nos cours de combat avec madame Duval. Rien n'est oublié. De la clé articulaire aux projections au sol, jusqu'aux coups de pied ou de poing. Les professeurs sont de plus en plus exigeants. Après tout, nous ne sommes plus des débutants de première année. Et si tout va bien pour nous, nous serons employés par le SCRS dans tout juste un an et demi.

Vincent et madame Duval sont toujours aussi implacables dans leurs exigences. Le cours est commencé depuis à peine une demi-heure que Vincent a déjà envoyé au sol deux élèves, fait des clés de bras à trois autres au point de pratiquement les blesser – mais en s'arrêtant juste à temps, bien sûr – et presque assommé un troisième avec un genre d'épée de démonstration en bambou.

Bref, comme d'habitude, il a le chic pour dénicher la moindre de nos failles et l'exploiter tout en nous donnant une bonne leçon. Un peu plus et on jurerait que ça lui fait plaisir. De mon côté, j'ai poursuivi mes exercices de relaxation qui commencent à donner des résultats. J'ai encore du mal à oublier ce qui s'est passé entre lui et moi – surtout depuis notre dernière conversation dans son bureau –, mais je parviens à me contrôler malgré tout et à feindre avec un certain succès. Vincent est mon enseignant, rien d'autre. J'ai beau ne pas l'aimer, je sais que le collège et le SCRS y perdraient beaucoup s'il devait être renvoyé.

Je sais que si je dois l'affronter aujourd'hui – ce qui arrivera sans doute –, je serai à même d'être tout près de lui ou encore de le toucher sans frôler la panique. D'ailleurs, je le trouve un peu moins dur à mon égard depuis notre dernière conversation. Comme s'il se sentait rassuré, en quelque sorte. Évidemment, il est toujours aussi froid, mais au moins, il n'est plus mesquin comme avant.

Alors que je m'exerce avec Megan, Vincent simule un combat avec Guillaume. Comme d'habitude, les deux ont du mal à se tolérer en étant à moins d'un mètre l'un de l'autre. Les choses ont même empiré ces derniers mois. Vincent est probablement jaloux de Guillaume à cause de ses sentiments envers moi. Quant à Guillaume, il a toujours eu maille à partir avec Vincent et le déteste depuis le premier jour. Et depuis que Vincent a fait expulser Guillaume du plateau de tournage lors de la mission précédente, leurs relations sont plus tendues que jamais.

— Votre garde, monsieur Lévesque, sermonne Vincent. Elle n'est pas assez haute, votre visage est à découvert.

— Ça fait trois fois que vous me le dites ! rétorque sèchement Guillaume.

— Ça fait trois fois parce que vous ne corrigez pas votre défaut, monsieur Lévesque. Et je vous suggère fortement de vous exprimer sur un ton poli.

Guillaume remonte sa garde en grommelant. Le combat continue entre eux tandis qu'ils se fusillent mutuellement du regard. Je les observe du coin de l'œil, tout en essayant de ne pas être trop distraite dans mes exercices avec Megan.

Je vois plus ou moins, tout en évitant un coup de poing de mon adversaire, les bras et les pieds de Vincent et Guillaume fuser à toute vitesse. Les coups pleuvent et leur combat semble s'intensifier. Soudain, après que Vincent a envoyé un coup de pied qui m'a paru d'une force peut-être un peu exagérée, j'entends Guillaume pousser un hurlement.

Il tombe sur le sol en se tenant la main droite, tout en gémissant de douleur. Tous les combats des élèves arrêtent brusquement. Je me précipite aussitôt à son secours.

— Qu'est-ce qui t'est arrivé, Guillaume?

Je vois alors le majeur de mon copain complètement renversé vers l'arrière. Mon Dieu, il a le doigt totalement disloqué!

— Ça va pas?!? crie Guillaume à Vincent. Vous m'avez déboîté le doigt! Vous l'avez fait exprès, je vais porter plainte à monsieur Frost, je vous le jure!

Je n'ai jamais vu Guillaume aussi furieux. Même quand il a été retiré de la mission et qu'il a menacé de se plaindre à la direction, il n'était pas dans un tel état.

— C'est une vilaine blessure, dit madame Duval en l'examinant. Mais je vous assure que monsieur Larochelle n'aurait pas fait ça volontairement, voyons. Bon, je vous accompagne à l'infirmerie. En attendant, les autres, continuez.

Tous les élèves regardent madame Duval et Guillaume quitter le gymnase, encore un peu sous le choc de l'incident. Soudain, mon regard croise celui de Vincent. Je crois y apercevoir une lueur de contentement. A-t-il fait exprès de blesser Guillaume?

***

Le soir même, Guillaume, Marilou, Béatrice – berk, encore elle dans les parages! – et moi sommes dans la bibliothèque pour la période d'études. Lors d'une visite à l'hôpital, Guillaume a eu des radiographies, on lui a replacé le doigt et fixé une attelle. Décidément, les cours de combat commencent à être dangereux.

— Que s'est-il passé, au juste, avec Vincent? demande Marilou à Guillaume.

— Je suis sûre que Larochelle a voulu me donner un coup de pied sur la main pour me blesser, répond-il. Je te jure, j'ai encore incroyablement mal au doigt, c'est vraiment horrible.

Ouais, j'avoue que ça a dû être drôlement souffrant à voir l'allure de son doigt. Quand je pense que Vincent, lui, a pris une balle dans l'estomac sans même se plaindre, je me demande si Guillaume n'exagère pas un peu. Après tout, nous allons voir des choses bien pires que ça dans notre carrière. Je trouve qu'il aurait intérêt à s'endurcir un peu. Il faut dire que Guillaume a toujours aimé avoir de l'attention, c'est presque son seul défaut.

— Pauvre toi, ça a dû faire tellement mal, le plaint Béatrice.

— Quand même, dis-je, pourquoi Vincent aurait-il fait ça volontairement? Il est spécial, mais ce n'est pas son genre.

— Au contraire, c'est tout à fait son genre! rétorque Guillaume. Il t'a même déboîté une épaule il y a tout juste quelques semaines, Ariel! Soi-disant pour te donner une leçon, en plus! Ce gars-là est un sadique dangereux, je te dis!

J'aimerais lui dire qu'en fait, c'est ma faute s'il m'a disloqué l'épaule, mais Guillaume ne me croirait probablement pas. Et ça pourrait ouvrir la porte à des questions embarrassantes. Or, Vincent est loin d'être délicat. Quand il décide de faire apprendre un élève à la dure, il peut être drôlement intransigeant. Je me souviens encore de ses leçons l'an dernier où il m'avait donné des coups de palettes pour me faire comprendre que je me laissais trop emporter par mes émotions.

— Je ne veux pas avoir l'air d'en rajouter, mais il y a même des rumeurs à son sujet disant que c'est un agent spécialisé dans la torture pour le SCRS, renchérit Marilou en chuchotant.

— Ben là, dis-je, ce sont des rumeurs, on n'est même pas sûrs de ça.

Je dois tout de même dire que ça cadrerait franchement bien avec le personnage. Vincent a toujours de petits airs vaguement sinistres et inhumains. Même en sachant qu'il a des sentiments pour moi, ça ne me le rend pas beaucoup plus sympathique. Par contre, je n'aime pas cette conversation qui vire en lynchage.

— Moi, en tout cas, je pense comme Guillaume, ajoute Béatrice. Vincent prend plaisir à humilier les élèves depuis toujours. Là, il est allé trop loin.

Évidemment, il fallait que Béatrice décide de s'en mêler et de s'opposer à moi. Je parie même qu'elle le fait délibérément, pour se mettre entre Guillaume et moi. Depuis qu'ils font une enquête ensemble, Béatrice et Guillaume semblent développer une complicité alarmante.

— Oui, mais… c'était peut-être un accident, dis-je. Ça peut arriver, non?

— Bon sang, Ariel, pourquoi tu prends sa défense, maintenant? dit Guillaume en s'emportant. Il a instauré un vrai régime de terreur et il s'acharne en plus sur toi depuis les premiers jours. Il t'a même reproché d'être rousse, merde! Tu ne penses pas que ça devrait cesser?

Je détourne le regard et observe distraitement les arbres couverts de neige derrière les vitraux de la bibliothèque. C'est vrai, pourquoi je prends la défense de Vincent? Ce gars-là m'en a fait baver plus qu'à mon tour. Même si c'était peut-être pour éviter qu'on ne soupçonne ses sentiments à mon égard, il m'a fait souffrir plus d'une fois. J'avoue que trouver des arguments pour défendre Vincent n'est pas évident et que ça pourrait même sembler louche. Ne devrais-je pas prendre le parti de mon copain? C'est lui qui est blessé, après tout.

— C'est vrai, Guillaume. Tu as raison. Excuse-moi. Je me rallie à la majorité, mais cette situation me déplaît au plus haut point. Je sens que cette dispute n'est pas finie, loin de là.

***

Après un vendredi harassant à travailler au magasin, nous retournons tous au collège, dans la minifourgonnette de l'école. À mesure que les fêtes approchent, les journées deviennent de plus en plus endiablées et nous sommes tous fourbus. Qui plus est, nous arriverons tard au collège. Dieu merci, demain, c'est samedi, nous pourrons faire la grasse matinée. En ce moment, Vincent est au volant et Kevin, assis à ses côtés, joue à un jeu sur son téléphone. Marilou et moi sommes à l'arrière. Marilou somnole presque, les écouteurs sur les oreilles, alors que je regarde distraitement le paysage nocturne.

Nous sortons du boulevard pour aller prendre l'autoroute. Alors que nous nous engageons sur la bretelle d'accès et que Vincent tente de ralentir pour prendre la courbe, il laisse échapper un juron.

— Qu'est-ce qui se passe?

— Je n'arrive plus à ralentir! s'écrie Vincent. Les freins ne répondent plus!

Avec la chaussée mouillée en plus, ça n'aide pas du tout. Vincent tient fermement le volant alors que la voiture, avec la vitesse, est poussée vers l'extérieur de la courbe. L'aile droite frotte brusquement le parapet de ciment. Des étincelles sont projetées dans les airs avec un crissement métallique horrible. J'ai les mains crispées sur mes accoudoirs, la respiration bloquée dans la gorge. Marilou a les yeux fermés et le teint livide. Quant à Vincent et Kevin, je ne vois pas leurs visages, mais je devine qu'ils ne doivent pas en mener plus large.

En plus, la route se poursuit en pente descendante, ce qui accentue notre vitesse! Vincent tente de tirer doucement sur le frein à main, afin de ralentir sans causer de mouvements brusques qui pourraient être aussi dangereux et nous faire perdre le contrôle.

Nous ralentissons un peu, mais dérapons au bas de la pente et heurtons un lampadaire, ce qui stoppe notre course! Au même moment, les sacs gonflables se déploient en avant. Un moment de silence suit l'impact.

Après quelques secondes, nous nous regardons tous, un peu en état de choc, en sueur et essoufflés comme si nous avions couru le marathon. Mais que s'est-il passé, bon sang?

***

Comme d'habitude, le SCRS a fait son enquête à la vitesse de l'éclair. La réponse au mystère a été trouvée en moins de vingt-quatre heures. Les freins du véhicule ont été sabotés. La théorie du SCRS est que notre espion a compris que Kevin a tenté d'ouvrir le cadenas du casier mystérieux. Mais les chances qu'il se doute du véritable travail de Kevin ne sont pas très élevées. L'avantage d'être un ado dans ce genre de situation. Notre agent aura surtout sans doute voulu éliminer un témoin gênant et un peu curieux.

En tout cas, c'est de plus en plus clair qu'il est dangereux et prêt à tout. Qu'attend donc le SCRS pour mettre tout en œuvre et trouver enfin ce qu'il y a dans cette fichue case? Qu'il y ait des morts ou qu'on perde la trace du satellite pour de bon? Le SCRS tient peut-être à nous donner le strict minimum de renseignements pour notre propre sécurité en cas d'interrogatoires, mais pour ce qui est de nous tenir au courant, on ne leur décernerait pas une médaille. J'ai hâte d'en savoir plus.

***

Décembre vient de commencer. Les centres commerciaux regorgent de décorations de Noël depuis plusieurs semaines et s'animent au son de *Jingle Bells* et *Les anges dans nos campagnes*. La fréquentation a augmenté dans le magasin et nous sommes de plus en plus occupés. Il devient encore plus difficile de trouver des occasions pour fouiner longuement dans l'entrepôt.

Nous nous sommes tous remis de notre accident assez aisément, car aucun de nous n'a été blessé. Mais nous sommes de plus en plus sur nos gardes. Savoir que parmi les employés qui nous côtoient régulièrement se trouve quelqu'un qui a tenté de s'en prendre à Kevin – et à nous quatre, par ricochet – est assez inquiétant.

De son côté, Marilou a quand même réussi, lors d'une pause dîner, à ouvrir la trappe secrète et à y jeter un œil. Aussi habile qu'un singe dans un arbre, elle parvient à grimper sur les étagères et à se cacher entre les caisses pour éviter de se faire remarquer. La bonne nouvelle : c'est bien là que sont entreposées les pièces du *skatepark*, dans de grandes caisses de bois, et l'endroit (qui est en fait un accès à l'entretoit de l'édifice), est gigantesque. La mauvaise nouvelle : l'endroit est justement gigantesque et rempli de boîtes, de caisses, de palettes énormes. Si notre satellite s'y trouve, il reste encore pas mal de cartons à fouiller avant de le trouver. Et bien sûr, la recherche du signal du satellite ne donne aucun résultat.

D'ailleurs, je n'ai toujours pas parlé à Laurence de ce fameux rendez-vous avec Marco. Je me sens franchement mal à l'aise à l'idée d'utiliser ma copine de cette manière. Et si je disais simplement à Marco qu'elle dit non ? Je ne souhaite pas lui mentir. Il est gentil… Sans compter qu'il m'a fait une sacrée faveur. Si c'est bien lui notre espion, il faut tout mettre en œuvre pour le trouver et le coincer. Et zut, pourquoi je me suis embarquée dans cette histoire ?

Monsieur Blackman est venu une fois cette semaine, déguisé en camionneur livrant de la marchandise dans l'arrière-boutique. J'ai failli faire le saut lorsque je l'ai aperçu en uniforme bleu, son cure-dent sortant de sa bouche et une casquette de *trucker* sur la tête ! Ça faisait un sacré contraste avec son look habituel. Je sais bien que les espions sont spécialisés dans les déguisements et les changements de personnalité, mais ça m'a surprise quand je l'ai vu. J'en ai profité pour prétexter un travail de remisage et de ménage important dans l'entrepôt pour observer monsieur Blackman à l'œuvre. Il a manipulé le monte-charge et posé une grosse palette sur une étagère sans la moindre hésitation. Tout en trouvant, bien sûr, une excuse pour solliciter une visite guidée de l'entrepôt, qu'il a obtenue de Charles-Émile en le complimentant abondamment sur la qualité de ses téléviseurs et ses talents de gestionnaire. Avec ses compétences étonnantes, monsieur Blackman est sûrement arrivé à saisir le caractère de monsieur Télévision assez rapidement. Et puisque Charles-Émile est fier comme un paon et complètement vaniteux, il a voulu lui en mettre plein la vue.

Il a même fait faire une visite du bureau de Damien à monsieur Blackman. Il en a d'ailleurs profité pour accrocher volontairement la lampe à bureau de Damien – qui doit toujours être placée exactement à 45 degrés à sa gauche, pas un degré de plus ou de moins.

Alors que je retourne vers le plancher, je grogne intérieurement en regardant Charles-Émile s'en prendre encore au pauvre Damien. Enfin, s'il est vraiment Asperger. Je ne sais vraiment plus quoi penser de lui, maintenant. Feint-il tout cela ou pas ?

En fait, depuis que Laurence et moi l'avons croisé dans l'arrière-boutique, Damien ne quitte presque plus son bureau, caché sous son étagère. Il n'en sortait déjà qu'exceptionnellement, sauf les vendredis soirs, mais là, c'est encore plus rare. Soit son « expédition » l'a marqué, soit il sait que je soupçonne quelque chose à son sujet et se cache. Vraiment bizarre…

— Ariel ! Viens voir, vite !

C'est Kevin qui vient de m'appeler. Il semble presque en état de panique – ou d'excitation, je ne suis pas certaine. Il m'entraîne prestement dans la cuisine des employés en me tirant par la manche. Il me montre une affiche sur le mur.

— Regarde ça ! s'exclame-t-il.

J'observe l'annonce en question. Il s'agit d'une « compétition » de programmation électronique entre les employés, organisée au magasin par Marco, pour février prochain. On peut s'y inscrire en groupe de deux ou trois pour participer. On y voit même des images du jeu en question. Des appareils électroniques fidèlement reproduits par images de synthèse pour plus de réalisme y sont visibles. Et aussi des attaques de zombies qu'il faut sûrement éliminer dans le jeu. Si je saisis bien, Marco a entièrement programmé un jeu de simulation électronique, l'objectif étant de reprogrammer un appareil dangereux avant que ce dernier n'explose. Je ne sais pas ce que les zombies viennent foutre dans l'affaire, mais ce n'est pas ce qui compte. Ce gars-là devrait travailler pour une entreprise de jeux vidéo tellement il est doué. Hallucinant de savoir qu'il a créé ça tout seul, alors que tout le monde sait qu'il vit encore dans le sous-sol de ses parents.

Bon, sachant que Marco est un fan de jeux comme *Splinter cell, Resident Evil* ou *Call of duty*, ça ne m'étonne pas vraiment. Je ne comprends pas l'excitation de Kevin.

— Ben oui, et alors ?

— Ariel, as-tu regardé les photos qu'on nous a fournies du « four à micro-ondes » ?

— Heu... oui, mais je ne les connais pas par cœur, tu sais.

— Eh bien, moi oui. J'ai observé attentivement tous les composants et les circuits électroniques. Ceux des appareils que Marco a reproduits dans son jeu sont pratiquement identiques à ceux du « four à micro-ondes » que nous cherchons.

— Quoi ? C'est bizarre, ça. Tu crois que Marco aurait...

— Je ne peux être sûr de rien, dit Kevin, mais je sais une chose. Ça ne peut pas être un hasard. Il n'aurait jamais pu reproduire aussi fidèlement les composants sans les avoir vus.

Alors, Marco aurait vu le satellite Y-38C et l'aurait reproduit dans un jeu destiné à une compétition électronique à l'interne ? Complètement étrange. Pourquoi ? N'est-ce pas risqué d'exposer tout ça ? Voudrait-il utiliser secrètement l'information pour son profit personnel ? Et s'il éprouvait des difficultés à percer le secret du satellite et avait créé cette compétition de toutes pièces pour voir si quelqu'un y parviendrait ?

Marco pourrait-il vraiment être notre espion ? Un gars à peine sorti de l'adolescence, encore aux études et qui vit chez ses parents ? J'avoue que je ne l'aurais pas vu venir, celle-là. D'un autre côté, les espions sont souvent des gens qui paraissent innocents et sont en fait des criminels dangereux. Il ne faut pas se fier aux apparences, je l'ai déjà constaté à quelques reprises. De plus, Marco est malin. Il aurait les capacités de fabriquer le piège que nous avons trouvé sur le cadenas en criant ciseau.

Peut-être que, finalement, profiter du rendez-vous de Laurence avec Marco serait une bonne idée pour garder un œil plus attentif sur lui.

CHAPITRE 7
Dilemmes et revirements

Décembre suit son cours. Quand midi approche, je retourne vers l'aire de repos des employés. En me rendant vers les casiers, j'aperçois Vincent et Kevin. Vincent est en train de faire je ne sais pas trop quoi avec le cadenas de la mort de la case mystérieuse, et Kevin surveille les alentours. Vincent aurait-il enfin découvert comment contourner le piège du cadenas?

J'approche doucement, pour ne pas le déconcentrer ou le faire sursauter. Je constate qu'il est en train d'enfiler une étrange gaine de plastique sur son petit doigt.

— Vous pouvez approcher, mademoiselle, dit Vincent sans même se retourner.

— Qu'est-ce que c'est, ce truc, sur votre doigt?

— La copie de l'auriculaire de Damien avec son empreinte digitale, répond Vincent. Le SCRS a enfin terminé de la faire, avec les empreintes que j'avais recueillies il y a quelques semaines.

— Pour tromper le lecteur biométrique du cadenas?

— Exactement.

— Wow... Ç'a été drôlement long, de reproduire ça. Il n'y aurait pas eu un moyen plus rapide?

— Bien sûr, répond Vincent. On aurait pu couper le doigt de Damien.

Je sursaute en l'entendant parler de la sorte. Mais je remarque alors un petit sourire se dessiner aux coins de ses lèvres. Serait-il vraiment en train de faire une blague? Vincent Larochelle est capable d'humour? Je n'ai pas le temps d'ajouter autre chose, car Vincent teste son faux doigt et tente d'ouvrir le cadenas.

Kevin et moi continuons de surveiller les alentours, pour le couvrir. Espérons qu'il n'y a aucun autre piège. Ça fonctionne! Le cadenas s'ouvre.

— Attention, poussez-vous, dit Vincent nous faisant un signe de la main.

Kevin et moi obtempérons. Nous reculons plus loin. Après tout, la case aussi pourrait être piégée. Vincent enfile des gants de latex pour ne pas laisser d'empreintes, puis sort une pince et un bâton télescopique de sa poche. Il prend la poignée de la porte, tout en se tenant à côté de celle-ci. Si jamais quelque chose sortait du casier, il vaut mieux ne pas se trouver dans le chemin. Il ouvre lentement la case.

Rien, tout va bien.

Vincent s'avance doucement et y jette un œil. Nous nous approchons aussi.

À l'intérieur du casier, nous voyons des pièces électroniques, des papiers, deux armes à feu munies de silencieux, un couteau et un genre de ficelle qui sert peut-être à étrangler discrètement. Brrr... ça donne un peu froid dans le dos. Il y a aussi des schémas de satellite, de fusées, de télécommandes et une clé USB. Pas de papiers d'identité ou de passeports, même faux, qui auraient pu nous permettre d'identifier notre homme.

— Qu'est-ce que c'est que tout ça, exactement? dis-je. On dirait un mode d'emploi.

— C'est à peu près cela, dit Vincent. On dirait un genre de plan.

— Ces pièces font partie de l'appareil que nous cherchons, ajoute Kevin en examinant une pièce en particulier, sans y toucher. Je les reconnais, elles étaient dans les photos que nous avons eues.

— Mais pourquoi ces fusées? dis-je.

— Pour relancer le Y-38C dans l'espace, répond Vincent.

— Heu... l'espace se situe à près de 100 km, dit Kevin. Il faudrait des fusées très puissantes pour lancer ça. Pour qu'un objet soit satellisé autour de la Terre, il faut que la vitesse d'injection, soit sa vitesse radiale par rapport au centre de la Terre, soit de 7 700 mètres par seconde pour une orbite circulaire à 200 km au-dessus de la Terre. Au-dessous de cette altitude, la traînée est trop importante.

Hem… là, Kevin vient de me perdre. À part que ça semble bien complexe, je n'ai pas très bien saisi.

— Merci pour le cours de physique, monsieur Swann, dit Vincent. Votre analyse est juste, mais ne tient probablement pas compte du fait que d'autres satellites équipés de bras et de superaimants sont prêts à le cueillir en orbite basse.

Sur ce, il nous montre d'autres schémas de satellites. Ceux-là mêmes, sans doute, qui ont été utilisés pour le dérober dans l'espace il y a plusieurs mois.

— C'est une blague ? dis-je en voyant cela.

— Ne sous-estimez jamais votre adversaire, rétorque Vincent. Cela pourrait vous être fatal, un de ces jours. Lorsqu'ils auront fini leur programmation, nos agents l'emporteront sûrement dans un endroit discret par camion, comme ils ont fait avant, afin de le relancer en orbite.

— Attendez, dis-je, pourquoi l'avoir fait revenir sur Terre pour le relancer ensuite ? N'est-ce pas inutilement compliqué ?

— C'est une procédure complexe, oui, rétorque Vincent. Mais moins que d'avoir des gens dans l'espace pendant des mois pour le reprogrammer en orbite.

— Je vois.

— Mademoiselle Laforce, aidez-moi à prendre des photos de tout cela avec votre cellulaire, ordonne Vincent. Nous allons également copier le contenu de la clé. Nous enverrons tout cela au SCRS pour analyse. Monsieur Swann, continuez de surveiller les alentours.

Aussitôt dit, aussitôt fait. Vincent range le tout, en prenant bien soin de remettre le matériel exactement au même endroit, afin que notre homme ne se doute pas que le casier a été fouillé. Nous aurons sûrement d'autres consignes sous peu, car les choses commencent à bouger.

***

Kevin, Vincent et moi avons eu l'instruction de nous inscrire à la fameuse compétition de programmation de Marco. Le seul truc, c'est que je suis la moins douée des trois pour ça. Je ne sais pas trop encore comment je vais faire pour me débrouiller.

Le SCRS m'a donné aussi la consigne de tenter de convaincre Laurence d'accepter un rendez-vous avec Marco. De quelle manière pensent-ils que ça peut être utile? Je l'ignore. Étant donné que les enjeux deviennent de plus en plus sérieux, ça se justifie assez bien.

Je sais qu'ils savent transformer presque n'importe quel téléphone cellulaire en appareil d'écoute permanent à l'aide d'un simple texto. D'ailleurs, ils l'ont fait lors de ma dernière mission avec le téléphone de Laurence. Évidemment, tout est légal et ils ont obtenu la permission d'une juge pour procéder ainsi. Peut-être espèrent-ils que Marco se vantera auprès d'elle pour l'impressionner et qu'ils pourront le pincer ? Ce ne serait pas brillant de sa part, mais même de bons espions ont parfois du mal à tenir leur langue et aiment se vanter pour impressionner les filles.

Je me suis enfin décidée à aborder le sujet avec Laurence lors de l'une de nos pauses à midi – qui se font de plus en plus rares, étant donné que nous sommes toutes les deux débordées par les études et le travail. Je vais lui parler de Marco, mais je n'insisterai certainement pas pour qu'elle dise oui. Je me sens déjà nulle de l'utiliser comme ça. Je pourrai au moins dire à mes supérieurs que j'aurai essayé.

J'en profite pendant que nous sommes en train de dévorer nos crèmes glacées avec extra *brownies*, extra crème fouettée et extra sirop de chocolat. Le dessert met toujours Laurence dans de bonnes dispositions. C'est le meilleur moment pour aborder le sujet.

— Hem… Laurence ?

— Quoi? marmonne-t-elle, la bouche pleine, sans même lever les yeux.

— Heu… je dois te dire quelque chose.

Laurence arrête de mastiquer et me regarde. Elle me connaît depuis assez longtemps pour sentir mon malaise.

— Qu'est-ce qui se passe? demande-t-elle, soucieuse.

— Hem… mon superviseur au magasin m'a fait une demande un peu spéciale.

Laurence fronce les sourcils et fait une moue interrogative.

— Ouais… c'est quoi?

— Heu… il voulait savoir si tu avais un *chum* et si je pouvais vous arranger un rendez-vous. Mais tu sais, tu n'es vraiment pas obligée de dire oui, hein. Je ne veux surtout pas que tu te sentes obligée.

Laurence continue de m'observer avec une expression dubitative.

— Tu prends beaucoup de précautions pour me dire tout ça, dit-elle. Il y a quelque chose qui ne va pas, hein?

Elle a vu juste. Je n'ai jamais été mal à l'aise de lui demander quoi que ce soit jusqu'à présent. Laurence et moi, on est toujours parvenues à se parler honnêtement et ouvertement, sans avoir peur d'offusquer l'autre. Cela a constitué la clé de notre longue amitié. Enfin, jusqu'à présent, car avec mon entrée dans le monde de l'espionnage, les choses ont changé un peu. Il m'est arrivé de lui mentir ou de lui cacher des choses quelquefois, même si c'était généralement pour des raisons de sécurité. Je ne peux plus prétendre être parfaitement honnête avec elle comme avant.

— Heu... ben, je fais juste reléguer le message, tu sais. Je ne veux pas te tordre un bras, hein. J'ai juste promis de t'en parler et rien d'autre.

— Depuis quand je fais quelque chose simplement par obligation? rigole Laurence. Personne ne me force à faire quoi que ce soit. T'es drôle, Ariel.

Là-dessus, elle a tout à fait raison. J'avais oublié cela. Laurence a tendance à en faire à sa tête, ce qui peut parfois la mener dans de drôles de directions. Mais on ne pourra jamais la forcer à faire quelque chose contre sa volonté.

— Ton superviseur, dit-elle, est-ce qu'il t'a obligée à me dire ça?

Hum... Marco ne m'a pas forcée à transmettre sa demande, mais le SCRS, oui.

— Heu... obligée, non, pas tout à fait. Ce n'est pas le terme que j'emploierais.

— O.K., je vois. Il t'a, disons... fortement incitée à le faire, plutôt?

— Heu... fortement, non. Juste un peu. Disons simplement que je lui devais quelque chose en échange d'une faveur.

Le regard de Laurence se durcit. Elle paraît de plus en plus en colère.

— Pfff... laisse-moi deviner. Il t'a laissé sous-entendre que tu risquais de perdre ton emploi si tu ne le faisais pas, je parie? Ou quelque chose dans ce genre-là? J'ai eu un boss comme ça quand je travaillais au camp l'été dernier! Je trouve ça vraiment écœurant de faire un truc pareil! Ce gars-là te prend en otage, ma parole!

— Ben là, il ne m'a pas menacée, tu sais.

— Pfff... tu sais, il n'a pas besoin de dire explicitement ce genre de choses, Ariel. Moi, je sais lire les gens. Il suffit d'un petit sous-entendu pour que le message passe.

Dois-je répondre quelque chose à cela? Laurence est littéralement en train de se pomper toute seule. Dois-je remettre les pendules à l'heure ou la laisser croire à ce scénario qu'elle est en train de monter elle-même? Avant même que je ne puisse lui répondre, elle enchaîne.

— O.K., dis-lui que j'accepte son stupide rendez-vous! dit-elle.

— Hein? Tu en es sûre? Tu sais, Marco est plutôt *geek* et pas tellement ton genre.

J'imagine tellement mal Laurence avec Marco dans un restaurant ou se tenant par la main. En plus, j'ai l'impression d'avoir manipulé Laurence, et ce, en ne disant presque rien en plus. Bref, je l'ai laissée se raconter une histoire sans la contredire, car ça faisait mon affaire.

— Pas grave, rétorque Laurence. Dis-lui que j'accepte de le rencontrer pour un rendez-vous. Je m'occupe de lui.

Hum... quand Laurence a ce genre de regard, on peut s'attendre à tout. Que va-t-elle faire? Pour une fois, je suis contente à l'idée que le SCRS va peut-être l'épier, car Marco va sans doute y goûter.

***

Comme promis, Guillaume s'est plaint de Vincent auprès du directeur. Cette fois, par contre, il est allé plus loin. Ses parents s'en sont mêlés. Ils ont même prévenu monsieur Frost qu'ils pourraient aller jusqu'à porter plainte pour voie de fait contre Vincent. S'il se retrouve avec un dossier criminel, Vincent risque fort de perdre son emploi non seulement au collège, mais aussi au SCRS.

Là, franchement, je trouve qu'ils y vont vraiment trop fort. Les parents de Guillaume doivent peut-être être maintenus au secret quant à la véritable nature du collège, mais lui, il est parfaitement au courant de sa véritable vocation. Il savait qu'il y avait des risques dans ce que nous faisions, quand même. Mais que pense-t-il faire, s'il est blessé par un ennemi dans une mission, un jour? Se plaindre au SCRS?

Ça n'a aucun sens. Je sais bien que Vincent est désagréable, dur, et va souvent loin dans son enseignement, mais je sais qu'il a de bonnes raisons. On n'est pas là pour apprendre la dentelle et le macramé, bon sang! Par ailleurs, je comprends que Vincent l'a blessé et, avec le recul, je me demande moi aussi s'il ne l'aurait pas fait volontairement. Avec lui, tout est possible. Peut-être que Vincent est bel et bien allé trop loin cette fois?

Pourquoi suis-je aussi déchirée et hésitante à prendre parti? Guillaume est mon copain et je l'aime, je me sens toujours bien avec lui. Il est drôle, généreux, encourageant, sympathique. Mais il est parfois exubérant, a tendance à en faire un peu à sa tête et il est un trop fier et orgueilleux, par moments.

Quant à Vincent, il est froid, implacable, ultra-perfectionniste et plutôt antipathique. Il s'est personnellement acharné à me rendre la vie difficile pendant près d'un an. En revanche, il est loyal, fiable, talentueux et, malgré ses défauts, il cherche tout de même à donner la meilleure formation aux élèves et tient à ce qu'ils deviennent les espions les plus compétents. Je peux difficilement oublier qu'il a des sentiments à mon égard – ce qui me fait même éprouver de la compassion pour lui – et je n'oublie certainement pas qu'il a risqué sa vie pour sauver la mienne.

Bref, à la suite des ultimatums de la famille Lévesque, monsieur Frost a informé les élèves qu'il avait décidé de garder Vincent, mais qu'il n'enseignerait plus jusqu'à nouvel ordre. Il se contenterait de faire des travaux techniques, comme préparer des locaux de simulation pour des examens, par exemple. Il est toujours de la mission à La Source du futur, heureusement.

Monsieur Frost a dit qu'il étudierait la question et prendrait une décision sans appel plus tard sur le sort de Vincent. J'ai beau me raisonner et me dire que je devrais soutenir mon petit ami, je ne peux m'empêcher d'être en colère contre Guillaume.

***

Décembre continue d'égrener ses jours de neige pendant que nous alternons entre le magasin, le collège, les soirées d'étude et les cours. Guillaume et moi n'avons pas reparlé de « l'affaire Vincent », mais je sens un malaise entre nous. Il est moins empressé et chaleureux à mon égard, et je devine que ce n'est pas seulement parce que nous nous voyons moins souvent. Je pense que Guillaume m'en veut de ne pas l'avoir soutenu davantage dès le début. Sans compter cette pieuvre de Béatrice qui lui tourne de plus en plus souvent autour. Elle m'énerve!

À La Source du futur, ça commence à devenir sincèrement frustrant de voir les choses avancer si lentement. C'est bien fascinant, les jeux vidéo de combats médiévaux – auxquels je bats presque tout le monde, bien sûr –, les discussions sur les chances de victoire possible lors d'un affrontement hypothétique entre Spiderman, Spock et Pikachu, et les parties de *Donjon & Dragon* ou *Vampire: The masquerade*, mais on s'éloigne de l'essentiel. Au moins, nos recherches sont concentrées à la cachette de la Confrérie. Plus besoin de fouiller l'entrepôt au grand complet.

Malheureusement, aucun indice sur le satellite. Mes soirées hebdomadaires de *skate* sont très divertissantes et je m'amuse comme une folle, mais je n'ai réussi à percer aucun secret pour le moment, à part de constater que Charles-Émile est un véritable tyran à l'égard de Damien. Mais en fait, ce n'est pas vraiment un secret.

Il fait exprès de cracher dans son café, de changer l'ampoule de sa lampe – alors que Damien ne tolère que les ampoules 60 watts bleues – ou de lui passer une main dans les cheveux, ce qui provoque irrémédiablement une crise de panique avec hurlements dignes d'une sirène de camion de pompiers. Je me retiens parfois à deux mains pour ne pas engueuler ce connard ou lui lancer une souris d'ordinateur sur la tête quand il a le dos tourné.

D'ailleurs, Damien est de plus en plus reclus dans son recoin et Jérémie passe une bonne partie de son temps avec lui. Il semble constamment en train de programmer des trucs pour des clients et n'arrête pas une seconde. Il faut dire que la période des fêtes est toujours drôlement occupée et effervescente. En tout cas, Jérémie ne le lâche pas d'une semelle. Je ne suis pas sûre, mais je pense que la virée impromptue de Damien hors de l'entrepôt l'a peut-être secoué.

J'essaie d'utiliser les techniques de monsieur Blackman sur lui, mais ce n'est pas facile. Puisque Damien ne me regarde qu'en biais, je peux difficilement analyser son regard. Les signes physiques d'inconfort, caractéristiques des menteurs, sont presque constants chez lui. Ce que je vois, cependant, c'est qu'il s'est refermé encore plus que d'habitude.

Je soupçonne aussi que Jérémie garde un œil plus attentif sur Damien à cause de l'attitude de Charles-Émile, de plus en plus agressive envers Damien. Jérémie semble très nerveux, car il ne cesse de faire des va-et-vient entre le plancher et l'arrière-boutique, en donnant constamment des consignes à notre Asperger. On dirait une proie toujours en alerte.

Qui plus est, il y a quelques jours, j'ai surpris Bertha à grogner contre Charles-Émile lorsque ce dernier s'est approché de Damien. Hum… c'est nouveau, ça. Un chien-guide ne fait pas cela, pourtant. De plus en plus bizarre.

Si Damien feint d'être Asperger, en tout cas, il mériterait un Oscar pour sa prestation. J'ai beau l'observer autant que je peux, je ne suis pas parvenue à trouver d'autres comportements inhabituels – enfin, en regard de *ses* comportements habituels à lui. Mes coéquipiers sont dans le même état que moi. Damien semble donner également du fil à retordre à monsieur Blackman, malgré des heures passées à l'observer sur vidéo. Les Asperger ont justement du mal à bien décoder le langage corporel. Ils ne réagissent pas de manière habituelle à l'égard des gens. Damien représente donc un défi de taille pour notre professeur, malgré sa grande expertise.

D'ailleurs, tout le monde est de plus en plus à cran au magasin. Avec la fréquentation effrénée de décembre, monsieur Ledoux est hystérique. Il ne cesse de gueuler après les employés s'ils osent prendre plus de cinq minutes de pause pour aller aux toilettes, tient des chiffres des ventes quotidiennes en nous mettant de la pression pour vendre davantage, ne cesse de parler d'objectifs à atteindre, etc. Il est épuisant et rend tout le monde nerveux et même irritable. Ce qui expliquerait peut-être les attitudes de Charles-Émile et de Jérémie.

Je n'aurais jamais cru qu'il y aurait autant d'actions et de trucs bizarres de coulisses dans l'arrière-boutique d'un magasin d'électronique.

J'ai échangé les coordonnées de Marco et de Laurence, et j'attends de voir ce qui se passera entre ces deux-là. Le SCRS est au courant. Si l'agence a prévu de se servir de leur rencontre pour la mission, je suis sûre que le système est en place, peu importe ce que c'est. Pour des raisons de sécurité, je ne reçois que le minimum de renseignements.

Tout à coup, alors que je suis en train d'aider une dame à choisir quel appareil photo acheter à son mari pour Noël, je reçois un texto.

Vincent, Ariel, Kevin.
Rendez-vous à midi aux toilettes du centre commercial, sortie 3.

C'est un texto de Marilou! Je crois que c'est la première fois que ce n'est pas un message de monsieur Frost ou d'un enseignant. Ça doit être drôlement important. Rendez-vous lors de la pause dîner.

Une heure plus tard, nous nous retrouvons près des toilettes du centre commercial, qui sont dans un recoin relativement calme.

— Il y a quelque chose de louche, annonce Marilou en chuchotant. J'étais dans la cachette secrète tout à l'heure quand j'y ai découvert un brouilleur de signal actif.

— Comme un brouilleur d'ondes ? Mais pourquoi mettre ça là ? dis-je.

— Pour nous empêcher de capter les signaux du « four à micro-ondes », répond Vincent.

— Cela veut dire que nous touchons au but, ajoute Kevin.

— Certainement, répond Vincent. Je vais relayer l'information au SCRS. Mais il se peut que nous ayons encore à trouver notre ou nos coupables avant de passer à l'action. Attendez les ordres avant de faire quoi que ce soit.

— Un petit conseil en passant, dit Marilou. Si vous comptez vous rendre à la cachette pendant vos heures de travail, faites bien attention. Monsieur Ledoux est particulièrement contrôlant en ce moment. Il surveille tout et, en redescendant sur les étagères, j'ai failli me faire pincer en sortant par la trappe.

— Bien noté.

Le lendemain, on nous confirme les dernières consignes du SCRS. Trouver le satellite Y-38C est encore prioritaire, mais nous devons aussi mettre la main au collet du responsable et, en ce moment, nous nous perdons encore en conjectures. Nous ne savons pas pour quelle organisation il travaille et même si nous mettons la main sur notre appareil, nous ne sommes pas en moyen de mettre fin aux activités du groupe responsable de ce vol. Et pas le moindre indice tangible. Comment va-t-on pouvoir enfin le dénicher, ce satellite-là?

***

Deux jours plus tard, après l'heure du midi, Marco vient soudain me voir alors que je m'apprête à sortir de la cuisine des employés.

Il est couvert de crème glacée, de chocolat, de banane et d'orangeade! Bon sang, mais que lui est-il arrivé? Au moment où cette question surgit dans mon esprit, je reconnais ce que doivent être les restants d'un *banana split* avec extra *brownies*, extra crème fouettée et extra sirop de chocolat. Le dessert préféré de Laurence. L'orangeade est également la boisson gazeuse favorite de ma copine.

Hum... je crois que je commence à avoir une vague idée de ce qui s'est passé.

— Heu... Marco? Ça va? Qu'est-ce qui t'est arrivé?

— Je ne suis pas tout à fait certain.

À ses yeux hagards derrière ses lunettes salies de chocolat et sa bouche grande ouverte, il a l'air un peu en état de choc. J'hésite entre le plaindre et me dire que si c'est notre agent, il l'a bien cherché et mériterait pire que ça.

— Raconte, tu as accroché accidentellement un motard mangeant du chocolat et qui s'est mis en colère ou quoi?

Lentement, comme s'il cherchait encore à rassembler ses idées sous les couches de crème glacée, il enlève ses verres et commence à les essuyer avec ce qu'il croit être un mouchoir, mais qui s'avère être l'une des cravates de monsieur Ledoux, qu'il avait lavée et mise à sécher près du lavabo. En plus, de la glace avec de l'orangeade, ça doit être drôlement froid, alors il doit être très inconfortable en ce moment.

— Ben non, je voyais ton amie Laurence à l'heure du dîner, à la foire alimentaire du centre, explique Marco. On avait rendez-vous, quoi.

Je me retiens de rire. L'air ahuri de Marco vaut cent dollars à lui seul.

— Tout allait plutôt bien, je lui parlais de mes collections des DVD de *Babylon 5* et de cartes *Magic*, et elle me posait même des questions sur le sujet. On ne m'interroge jamais là-dessus, tu sais.

— Et ensuite?

— Ben, à un moment donné, elle m'a demandé ce que je pensais de toi, comment je te trouvais et tout. Je lui ai dit que tu étais une fille chouette et très gentille. Que tu étais assez différente des autres, que c'est assez rare de voir une fille comme ça s'intéresser à des jeux vidéo de chevaliers, au *skate* ou ce genre de choses.

— Alors ?

— Ben c'est là qu'elle a comme... je ne sais pas comment dire... flippé.

Je dois me retenir de plus en plus pour ne pas éclater de rire. Laurence a dû simuler une crise incroyable comme elle seule en est capable. Elle n'est pas seulement intense, mais aussi assez bonne comédienne.

— Et là, elle a crié quelque chose comme quoi qu'en réalité, je te préférais à elle, que je jouais double jeu avec elle, que j'étais un hypocrite et un *player* séducteur et des trucs du genre. Après ça, elle m'a renversé son *banana split* et son orangeade sur la tête et elle est partie, furieuse.

C'est presque trop. Je me tiens vraiment les côtes et me mords l'intérieur des joues pour ne pas rigoler. Et je suis sûre qu'en ce moment, Laurence doit se tordre de rire aussi en se tapant sur les cuisses au souvenir du tour qu'elle vient de jouer à Marco, et certaine de m'avoir défendue contre un méchant exploiteur. Le pauvre fait vraiment pitié et ne doit absolument rien comprendre.

— Mais qu'est-ce que j'ai fait ? Qu'est-ce que j'ai dit ? balbutie Marco.

— Hem... c'est juste que... l'ex de Laurence l'a trompée avec une autre fille, tu vois ? Alors, elle est un peu... ben... susceptible à ce propos-là, disons.

Ouf... un petit mensonge bien placé, je crois. De toute manière, Marco ne semble pas trop en état de réfléchir à quoi que ce soit en ce moment et n'importe quelle histoire aurait sans doute fait l'affaire.

— Bon, je vais aller prendre mes vêtements de rechange et me laver avant de retourner travailler, bégaye Marco, qui recommence à retrouver ses esprits.

Une chance pour lui qu'il a un kit supplémentaire, pour son travail dans l'entrepôt qui est souvent salissant.

Je le regarde se diriger d'un pas lent vers son casier pour y trouver une nouvelle chemise et une autre paire de pantalons.

— Oh, Marco ?

— Oui ?

— Ce serait mieux pour toi d'oublier Laurence et de ne pas parler de tout ça aux autres, qu'en dis-tu ?

— Absolument. Je crois que je préfère encore raconter ton histoire de motard. C'est moins gênant.

— Bien... bonne fin de journée, alors.

— Merci, toi aussi.

Lorsque je sors de la cafétéria, je peux enfin rire aux éclats. Pauvre Marco! J'espère qu'il ne sera pas traumatisé par les filles, maintenant. Et si c'est notre coupable, bien fait pour lui!

En tout cas, si le SCRS comptait sur le fait d'utiliser Laurence pour l'espionner, je pense que l'agence devra se rabattre sur autre chose. Pour une fois, je suis presque contente que Laurence ait fait échouer les plans de mes supérieurs du SCRS en agissant d'une manière aussi imprévisible!

CHAPITRE 8
L'étau se resserre

Aujourd'hui, c'est mon examen de fin de session avant le congé des fêtes. L'un de nos nombreux tests décidera si je reviens au collège en janvier prochain ou pas. Mon cœur bat la chamade et mes mains tremblent. Je sais bien que je suis l'une des meilleures, mais je n'ai pas oublié qu'à la toute fin, il ne restera que 10 % des élèves admis au départ.

La partie théorique fut presque du bonbon, comme d'habitude. Identifier l'emplacement exact de la jugulaire pour porter un coup fatal, apprendre par cœur en cinq minutes une fausse identité et la recopier après sur une feuille ou détecter la présence de fils pirates potentiellement posés par un espion dans un système téléphonique, c'est facile.

Évidemment, les élèves ont une évaluation pratiquement unique et nous ne pouvons pas nous donner des indices entre nous, si nous sommes les premiers évalués. On ne sait même pas où se dérouleront nos examens. Je suis donc dans ma chambre, à attendre qu'un professeur vienne me donner mes consignes.

Pour la première fois de ma vie, je suis enfin arrivée à cesser de me ronger les ongles. Les cours de monsieur Blackman sur le langage non verbal ont achevé de me convaincre que je devais vaincre ce tic nerveux. Ce dernier pourrait me nuire en mission, alors je dois le contrôler. C'est ma mère qui sera agréablement étonnée, elle qui ne cesse de m'échauffer les oreilles avec ça depuis des années.

On frappe à ma porte. C'est madame McDowell, l'enseignante du cours d'Observation. Elle me tend une enveloppe.

— Ariel Laforce, c'est à ton tour, me dit-elle. Je te laisse une minute pour ouvrir l'enveloppe, lire les objectifs de ta mission et les mémoriser. N'oublie pas, tu n'auras pas la possibilité de les relire une fois que tu seras dans la salle prévue pour ton examen. Après cela, nous enclencherons la minuterie, et ton évaluation commencera. Bonne chance.

Je respire un grand coup et décachette l'enveloppe. Je lis le papier à toute vitesse.

Nom de l'élève : Ariel Laforce
Examen du : 20 décembre, à 13 h.
Salle : Piscine (deuxième sous-sol)
Objectifs :
- Mettre votre maillot de bain et vous rendre à la salle indiquée.

- Installer votre matériel de plongée sous-marine et traverser la piscine pour vous rendre au point X.

- Au point X, trouver vos prochaines instructions à l'aide des outils fournis sur place.

- Suivre les nouvelles instructions inscrites sur le papier que vous trouverez.

- Quitter les lieux en toute sécurité.

Temps octroyé: 90 minutes.

Je relis plusieurs fois les objectifs, pour les mémoriser parfaitement. Je sais que la plus petite erreur dans leur compréhension pourrait provoquer l'échec. Pas de place à l'oubli ni à l'interprétation. Tout doit être parfait.

— Terminé, dit madame McDowell. C'est l'heure.

Je lui tends docilement le papier. Madame McDowell me quitte alors pour sans doute aller dans la salle des moniteurs, d'où elle m'observera, à l'aide des caméras disposées partout dans l'école et sûrement sur le trajet que je dois effectuer. Le signal est donné. Je règle ma minuterie sur ma montre.

Je me précipite alors vers mon armoire pour y chercher mon maillot de bain et mon peignoir, que j'enfile à toute vitesse. Je me rends ensuite en courant jusqu'au deuxième sous-sol et arrive enfin à la porte menant à la piscine du collège. J'inspecte d'abord sommairement la porte, afin de vérifier qu'il n'y a pas de piège caché.

Rien à signaler, je peux entrer. J'ouvre tout de même la porte avec précautions. On ne sait jamais.

Juste à côté de l'ouverture se trouve une table, sur laquelle est étalé du matériel : un aérosol fumigène pour détecter les lasers, un détecteur de caméras cachées, une lampe frontale, des pinces, quelques outils et une ceinture munie de pochettes imperméables pour transporter le tout plus aisément. Seront-ils tous essentiels pour le test ? Impossible de le savoir d'avance. Je m'aperçois ensuite, à ma grande surprise, que monsieur Marsolais est assis sur un banc près de la piscine et m'observe.

Que fait-il là, au juste ? Il n'y a pas d'enseignant dans les salles d'examens, habituellement. Plus curieux encore, il est en maillot, lui aussi. Une bonbonne d'oxygène, un tuba, des palmes ainsi qu'un masque traînent à ses pieds. Je lui jette un petit regard interrogatif. Il me sourit simplement et me fait signe de continuer. Sa présence est sûrement voulue, mais je n'en connaîtrai sans doute la raison qu'en temps et lieu. Pas une seconde à perdre.

Tout d'abord, j'utilise le détecteur de caméras cachées, afin de voir si je suis observée. À l'exception de la caméra de surveillance des enseignants faisant l'évaluation et dont je connais l'emplacement, rien à signaler. Je sors ensuite l'aérosol fumigène pour voir si des faisceaux invisibles pourraient enclencher une alarme. Encore une fois, je ne trouve rien de suspect.

Je prends tout le nécessaire sur la table et le mets prestement dans les pochettes de la ceinture, que j'attache autour de ma taille. J'approche ensuite de la piscine et trouve le matériel de plongée sous-marine sur le bord. Je vérifie que tout est sécuritaire et l'enfile aussitôt. Bonbonne, masque, palmes, etc. Toutefois, en examinant la jauge à pression, je m'aperçois que la réserve d'oxygène est assez limitée. J'en aurai peut-être pour quinze minutes ? Bizarre... ce n'est certainement pas un hasard.

Bon, mon prochain objectif était de « traverser la piscine pour vous rendre au point X ». Où peut bien être ce fameux point X ? Pas d'indication nulle part. Je suppose que, une fois sous l'eau, j'aurai peut-être la réponse à ma question.

Je plonge.

Après un petit choc thermique avec l'eau froide, j'observe la piscine attentivement. Je dois trouver ce point X au plus vite ; la piscine étant presque aussi vaste qu'une piscine olympique, ce n'est pas une tâche facile. Surtout que mon oxygène est compté en plus de mon temps. Je parcours la piscine méthodiquement aussi rapidement que je peux, en faisant les longueurs dans le sens de la largeur. Une chance que j'ai des palmes pour aller plus vite !

J'en suis rendue environ aux trois quarts, quand j'aperçois, au bout de la piscine, une grande lettre X dessinée sur la paroi, dans la section la plus profonde ! *Yes !* Je l'ai trouvé ! Je m'approche à grands coups de palmes.

Arrivée là, je vois alors dans la paroi, marquée du X, une petite porte ronde d'environ cinquante centimètres, ressemblant à une écoutille de sous-marin. Ça, alors ! Je me suis baignée dans ce bassin et j'y ai subi des entraînements physiques, sans l'avoir jamais remarquée. Peut-être était-elle cachée ? Je saisis la roulette et la fais tourner pour ouvrir la cloison.

Celle-ci donne sur un corridor rond complètement immergé et qui mène je ne sais où. Je vois seulement qu'il va en ligne droite, est plus large que l'ouverture et fait environ 90 centimètres de diamètre. À l'intérieur, c'est l'obscurité presque complète. J'allume ma lampe frontale, mais elle n'éclaire pas bien loin. Elle ne jette qu'un petit faisceau de lumière dans ce couloir d'eau aux allures sinistres.

Pas le temps d'avoir peur. Je calme les battements de mon cœur qui s'est emballé à la vue de cet endroit drôlement peu invitant. Je m'engouffre alors dans le corridor. Devant moi, rien d'autre que la noirceur, à peine percée par ma lampe. Par chance, je sens que le tunnel s'élargit un peu et que j'ai plus d'espace. Le bruit de ma respiration, amplifiée avec le masque, me semble assourdissant et angoissant. Je continue d'avancer aussi vite que je peux, mais je suis plutôt terrorisée à l'idée de ce que je vais trouver à l'autre extrémité.

Après un temps impossible à déterminer, le faisceau de lumière me dévoile que le couloir monte et fait une courbe vers le haut. J'aperçois une faible lumière au-dessus de ma tête! Je sors enfin la tête de l'eau pour me retrouver dans une petite pièce rectangulaire et bétonnée, sans la moindre porte ou fenêtre ni aucune autre issue que celle par laquelle je viens d'arriver. L'endroit, complètement à l'air, est éclairé par un petit néon au plafond. Il doit sûrement y avoir une ventilation quelque part, mais je ne la vois pas. C'est à peine moins sinistre que le passage que je viens de traverser.

Ce serait l'endroit idéal pour garder quelqu'un prisonnier ici, en tout cas. Personne ne pourrait le retrouver.

Je me secoue. Ce n'est pas le moment d'avoir ce genre de pensées.

Je continue d'observer les lieux. J'utilise encore le fumigène et le détecteur de caméras cachées. Rien, à part la caméra des professeurs, bien sûr.

Rapidement, je constate qu'il n'y a que trois objets ici : un coffre-fort carré d'environ un mètre cube, une valise imperméable de plastique renforcé d'environ 75 centimètres de hauteur, 75 centimètres de longueur et 50 centimètres d'épaisseur et... une serviette pour m'essuyer ! Les enseignants ont pensé à tout, comme d'habitude. Je m'essuie prestement, car il commence à faire un peu froid.

Devant le coffre, sur le sol, il y a une couverture sur laquelle je trouve une perceuse avec une mèche d'environ 25 centimètres, un grand poinçon de métal et un endoscope[12] muni de fibre optique. Ils veulent que j'ouvre le coffre avec ces outils !

Je soupire. Ce ne sera pas une tâche facile. Plutôt un travail extrêmement délicat où la moindre erreur serait fatale pour le succès de mon examen. Je devrais m'y mettre dès maintenant au lieu de penser au pire.

J'aurais pu opter pour la méthode consistant à écouter le cliquetis de cadrans verrouillant le coffre si j'avais eu un stéthoscope ou un appareil du genre, mais cette méthode est très lente et je n'ai pas tant de temps.

Bon, je dois maintenant mettre en pratique les procédés appris dans notre cours de *pick-pocketing*, de filature et autres machins du genre, avec monsieur

---

12 Tube muni d'un faisceau lumineux et d'un système de vision optique. Il sert souvent lors de chirurgies mais a également d'autres usages.

Lacroix. Je sais que les cadrans du coffre-fort utilisés par la roulette à combinaison pour ouvrir le coffre sont souvent protégés de plaques de cobalt presque impossibles à percer. Mais en perçant mon trou à travers la paroi de côté et à un angle de 45 degrés, je devrais contourner ce problème.

Je prends la couverture sur le sol et m'agenouille dessus à côté du coffre. Je regarde le temps sur ma minuterie, il me reste près d'une heure. Je commence donc, très lentement, à percer la paroi du coffre. Ce processus peut être très long. Au début, j'ai de la difficulté, car l'angle fait en sorte que la mèche ne cesse de glisser. Cependant, lorsque le trou commence à être bien entamé, ça s'améliore. Les minutes s'écoulent. J'ai chaud et la vibration de la perceuse commence à me faire mal aux mains, aux épaules et aux bras. Une chance que la mission ne demande pas d'être silencieux, car le bruit strident est très désagréable. La sueur commence à couler sur mon front et dans mon dos.

Une chance aussi que ce ne soit pas un concours de discrétion, car avec le travail et les outils que les enseignants nous ont donnés, impossible de ne pas faire de bruit.

Je sais aussi que les cadrans de la roulette sont souvent protégés par un mécanisme appelé «rever-rouilleur». C'est une plaque de verre ou de plastique qui, lorsqu'elle est brisée, active un système de sécurité qui verrouille le coffre définitivement. À ce moment-là, plus moyen de l'ouvrir d'aucune façon et c'est fichu. À part peut-être avec de la dynamite.

Percer en angle devrait aussi me permettre de contourner cette mesure, si je fais bien les choses. Après un temps qui me semble interminable et plusieurs arrêts où j'insère l'endoscope avec la fibre optique dans le trou pour voir les progrès et tenter de m'orienter, je parviens enfin aux quatre cadrans situés derrière la roulette externe. Ouf...

Avec le poinçon que j'insère aussi dans le trou et l'endoscope, je parviens à faire tourner lentement les cadrans, afin d'aligner, un par un, les crans de chaque roulette, pour déverrouiller le tout. Bon sang que c'est long. Lorsque je tourne le dernier cadran, j'entends le déclic du coffre. *Yes!*

Je me précipite vers la porte. J'observe quand même pour voir s'il n'y a pas un piège caché sur cette dernière, mais je ne vois rien. J'ouvre doucement le battant, méfiante.

À l'intérieur, il y a une enveloppe plastifiée, scellée sous vide et... un fusil AK-47[13]!

J'ouvre l'enveloppe et sors le papier.

---

13 Aussi appelé Kalachnikov, du nom de son créateur, ce fusil d'assaut soviétique inventé dans les années 1940 est toujours en usage de nos jours. Très populaire dans les armées, c'est l'arme la plus utilisée au monde.

Nom de l'élève : Ariel Laforce
Examen du : 20 décembre, à 13 h.
Nouvelles instructions :
- Démonter l'arme trouvée dans le coffre-fort.
- Installer les morceaux dans la valise de manière à ce qu'elle passe inaperçue lors d'un scan à la douane.
- Rapporter la valise et son contenu au professeur qui vous attend à la sortie de votre examen.

Quelques secondes après les avoir lues, les instructions disparaissent ! Sûrement une encre qui se dégrade au contact de l'air. Voilà pourquoi elle était scellée sous vide. J'avais intérêt à lire mes consignes vite et bien, sinon j'étais foutue. Heureusement, elles étaient assez simples.

Un autre travail de minutie qui va me demander pas mal de temps. Décidément, les examens de deuxième année sont plus difficiles que ceux de première année. Rien n'est aisé. Mais qui a dit qu'un test devait l'être ?

Je consulte ma montre. Il ne me reste que trente minutes. Ce n'est pas énorme. Je présume que c'est à monsieur Marsolais que je devrai donner la valise. Au moins, il n'est pas à l'autre bout de l'école et je n'aurai pas à la traverser en catastrophe et en maillot de bain en plus.

Je sors le fusil et m'assure qu'il n'y a pas de balles dans le chargeur. Tout est vide. Je m'assois de nouveau sur la couverture devant le coffre, pour être plus à l'aise.

Je dirige donc le canon de l'arme vers un mur, pour éviter les accidents. On ne sait jamais, même si j'ai fait mes vérifications comme nous l'a montré monsieur Stewart. Je retire le chargeur situé sous l'arme. J'enlève alors la sûreté, qui permet habituellement de prévenir une mise à feu accidentelle quand l'arme est chargée.

J'arme ensuite la culasse, placée à l'arrière de l'arme, derrière le canon, et qui en assure la fermeture. Cela éjecterait une cartouche qui se trouverait dans la chambre de l'arme. Je tâte avec mon doigt l'intérieur pour être bien sûre qu'elle est vide. Je jette un œil, tout est correct. Je referme la culasse et tire un coup à vide, comme dernière mesure de sécurité. S'il y avait quelque chose dans l'arme, il a été éjecté. Maintenant, plus de danger qu'un coup soit tiré accidentellement.

Je remets alors l'arme en position de sûreté, qui verrouille le chien et empêche les coups de feu accidentels. Au-dessus de la base de la crosse, j'appuie sur un petit couvercle afin de libérer un ressort, ce qui me permet d'accéder au mécanisme du fusil. Je pousse à nouveau la tige du ressort, mais vers l'avant et la soulève légèrement, ce qui me permet d'extraire le mécanisme de l'arme. Vite, je dois en séparer les éléments.

Je défais alors le ressort et sa tige, le chariot porte-culasse, le piston à gaz et le percuteur qui va frapper la balle lors d'un tir. Je laisse tomber le piston qui résonne sur le sol. Je m'arrête deux secondes. Je suis complètement crispée et mes mains, moites, commencent à trembler. Je m'aperçois que je deviens vraiment fatiguée. Le stress, sûrement. Je me calme un peu en prenant une grande respiration et reprends ma tâche. Mon examen achève, ce n'est pas le moment de flancher.

Je sépare la carcasse de l'arme en deux parties. D'abord, la supérieure contenant le cylindre à gaz. Il ne reste plus que le mécanisme du chien et le canon sur l'arme. Je retire le tout. Je peux presque commencer à relaxer.

Je dispose les pièces dans la valise, toujours selon les consignes que monsieur Stewart nous a enseignées. En plaçant les pièces d'une certaine façon et en les éparpillant, elles peuvent, sous le *scan* être confondues avec d'autres objets inoffensifs. Je peux refermer la valise et retourner à mon point de départ. Il ne me reste que quatre minutes !

Je remets prestement mon masque, mes palmes, ma lampe frontale et ma bonbonne. Je replonge dans le couloir d'eau, ma valise en main. Cette dernière, lourde, me ralentit considérablement. Avec l'arme à l'intérieur, elle doit bien peser tout près de cinq kilos.

Je continue de nager en poussant la valise de mes deux mains, tout en donnant de bons coups de palmes. Tout à coup, je ne reçois plus d'oxygène dans mon tube! J'observe la jauge de ma bonbonne. Elle est vide! Non, pas maintenant! Et je suis loin d'être arrivée!

Je sens une vague de panique m'envahir. Non, calme-toi, Ariel. J'aimerais prendre une grande respiration pour me tranquilliser, mais c'est impossible. Je me débarrasse au plus vite de ma bonbonne, devenue inutile et encombrante. J'irai plus vite sans ça.

Je pousse ma valise en nageant le plus rapidement possible. Je dois également faire attention à ne pas user de l'oxygène que j'ai emmagasiné dans mes poumons. J'aperçois de la lumière au bout du tunnel! J'approche de l'extrémité! Tant mieux, car je sens que l'air commence à me manquer.

Je suis enfin arrivée au bout. Je sors du couloir et m'apprête à sortir la valise. C'est alors qu'elle reste coincée dans l'ouverture!

Quoi!?! Comment est-ce possible? Je dois me retenir encore pour ne pas paniquer. L'ouverture du couloir est plus étroite ici, je l'avais remarqué tout à l'heure. Pourtant, si quelqu'un a pu faire entrer la valise par là, il doit y avoir un moyen de la faire sortir. Je tente de tirer dessus, mais rien à faire. Je n'en peux plus, mes poumons vont exploser. Je vais étouffer. J'abandonne la valise et remonte à la surface.

Je m'agrippe au rebord de la piscine et sors la tête de l'eau. Je prends une grande bouffée d'air. Ouf... une seconde de plus et je pense que je suffoquais. Je vois monsieur Marsolais qui est debout juste au-dessus de moi et me regarde. Il semble prêt à intervenir, mais ne fait rien.

Je regarde ma montre. Une minute ! Vite, je dois récupérer la valise ! Je respire à fond et replonge sous l'eau. Je retourne au tunnel. Je prends la valise et l'observe. Et si je la tournais de manière à orienter le côté le moins large vers la sortie ? Ah... voilà, ça fonctionne. Décidément, nos professeurs aiment nous compliquer la vie. Et vu que Vincent est celui qui s'occupe de préparer les simulations en ce moment, il a fait exprès de nous donner du fil à retordre.

Je remonte vers la surface. Je sors la valise et la pose sur le bord. Monsieur Marsolais observe sa montre.

— Bravo, Ariel, dit-il en prenant la valise. Ton examen est terminé et tu sembles avoir atteint tes objectifs. Il ne restera plus qu'à voir si tu as bien disposé les pièces de manière à passer un *scan* à la douane.

Je me rends à l'échelle pour sortir de la piscine.

— Dois-je retourner chercher le matériel de plongée ? dis-je.

— Nous allons nous en occuper.

— Et pourquoi étiez-vous installé ici, avec votre matériel ?

— Pour être prêt à intervenir en cas de problème majeur, répond monsieur Marsolais. Ta réserve d'oxygène était limitée et nous savions que tu aurais pu en manquer. Nous suivons ton test en direct avec des caméras, même dans le tunnel et, s'il y avait eu urgence, j'aurais pu te sauver en moins d'une minute. Vos examens comportent une certaine part de risques, mais nous ne voulons pas vous mettre en danger.

— Et quand aurai-je le résultat final ?

— En janvier.

— Seulement en janvier ? C'est drôlement long.

— Comme les autres examens dans toutes les autres écoles. Maintenant, tu peux aller dans ta chambre te reposer. Bonne chance et, si on ne se revoit pas avant ton départ, passe de joyeuses fêtes.

— Merci.

Je retourne dans ma chambre, fourbue. Il ne me reste que quelques examens avant la fin, mais je ne suis pas inquiète. Après ce test, une dissertation écrite en français ou en philosophie me semble bien facile.

***

Nouveau coup de théâtre dans notre mission ! Kevin est parvenu à prendre des photos de bons de livraison de matériel reçu récemment au magasin.

Parmi ceux-ci, se trouve du matériel qui ne sert clairement pas à des téléviseurs ou des imprimantes.

— Du propergol solide, de l'hydrazine à sur-chauffe, énumère Kevin, alors que nous sommes en réunion dans la salle de conférence souterraine. Tout cela sert à des systèmes de propulsion.

— Comment ont-ils fait pour faire livrer cela au vu et au su de tous ? s'exclame Marilou. C'est incroyable !

— Encore faudrait-il que les employés à la réception sachent ce que ces mots signifient, dis-je. À moins que notre homme se soit arrangé pour être là au moment de la livraison et manipuler les gens de l'entrepôt avec des mensonges.

— En tout cas, ça veut dire que la remise en or-bite est prévue pour bientôt, déclare monsieur Frost. On ne garde pas ce genre de substances dangereuses longtemps. Il faut démasquer notre agent rapidement.

Oui, le temps est compté plus que jamais.

***

Quelques jours plus tard, nous nous préparons à rentrer chez nous pour le congé du temps des fêtes. Marilou va retourner chez sa mère où elle va retrouver ses deux frères et sa sœur. Ils ont douze, neuf et cinq ans. Apparemment, Christophe, son frère de 12 ans, commence à poser de plus en plus de questions sur le fameux collège où va sa grande sœur et aimerait y aller aussi. Il faudra trouver des excuses pour le contrôler. Pas évident de concilier vie de famille et vie professionnelle. Je suis contente de ne pas avoir ce problème.

Les jours où elle sera en mission au magasin, Marilou sera hébergée chez moi. Elle pourrait bien rester dans la succursale montréalaise du SCRS au centre-ville, mais pour y avoir été, c'est d'un ennui total.

Guillaume va partir chez lui, et se désole déjà de faire le phénomène de foire sorti de l'école de surdoués, devant ses « mononcles » et ses « matantes », comme il dit. En ce moment, alors que nous sommes assis sur un banc dans le hall d'entrée de l'école en attendant nos parents, Guillaume ne cesse de parler du fait que monsieur Frost doit lui donner une réponse au retour des vacances concernant l'affaire Vincent.

Pfff... ça fait près d'un mois qu'il n'arrête pas d'en parler dès qu'il a une occasion. Il semble constamment chercher la pitié des autres élèves, qui ne se font pas prier pour le plaindre et traiter Vincent de tous les noms. Dans son dos, bien sûr, car personne n'aurait le courage de le lui dire en pleine figure. On dirait que je suis la seule qui parvient à passer par-dessus mon antipathie pour lui et à comprendre qu'il demeure une personne irremplaçable. Peut-être est-ce parce qu'il m'a sauvé la vie? À cause de ses sentiments pour moi? Et dire que je ne peux même pas en parler pour expliquer aux autres pourquoi je ne suis pas d'accord.

Je n'en peux plus de cette histoire. Guillaume ne pourrait pas en décrocher? Il n'a pas frôlé la mort quand même.

— Je vous dis, les filles, répète-t-il à Béatrice, Marilou et Megan, ce gars est un danger pour nous tous. Mon doigt est encore enflé, regardez.

Une véritable obsession. Je lève les yeux au plafond. Non mais, un peu plus et je le traiterais de moumoune, tiens. Il a 17 ans, pas 7 ans, nom de Dieu! Étant donné que c'est mon copain, je me retiens depuis des semaines pour ne pas trop le contredire, mais ça m'énerve.

— Il est vraiment allé trop loin! renchérit Béatrice. Peut-être que tu aurais pu rester handicapé à vie!

Handicapé à vie? Béatrice exagère, comme toujours. Pourquoi elle ne va pas jouer ailleurs, elle? Toujours à tourner autour de Guillaume comme une mouche.

— J'espère qu'on en sera débarrassés au retour des vacances, en tout cas, dit Guillaume. Parce que moi, je ne tolérerai pas d'être dans la même pièce que lui. Je vous le dis, s'il revient, je quitte le collège.

— Tu fais bien! dit Béatrice. Ce gars est un malade mental. Et il ne l'aura pas volé. Il n'a jamais rien fait de bon de toute manière.

Quoi?! Jamais rien fait de bon? C'est l'un des plus doués que nous avons eu! Elle n'y va pas avec le dos de la cuillère. C'en est trop.

— Vous n'exagérez pas un peu? dis-je, excédée. Vincent mérite une réprimande ou une suspension temporaire, peut-être, mais pas de perdre son travail. Voyons, c'est l'un des meilleurs espions du SCRS et vous le savez.

— Bon, et Ariel qui le défend encore, soupire Béatrice. Veux-tu bien me dire pourquoi? T'es bien la seule. Tu ne vois pas la réalité en face ou quoi? Qu'est-ce que tu caches?

Je suis piquée au vif et je me sens rougir, mais je ne sais pas si c'est de gêne ou de colère.

— Heu... est-ce que je peux vous rappeler qu'Ariel a quand même raison, répond Marilou. Vincent a frôlé la mort pour lui sauver la vie. Vous pourriez au moins admettre ça.

— Ben là, toi aussi, tu es de son côté? lui dit Guillaume d'un ton agressif.

— Ouais, pourquoi, d'ailleurs? poursuit Béatrice. Depuis un bout, il me semble que Vincent est moins sur le dos d'Ariel qu'avant. Tout le monde l'a remarqué, tu sais. Et là, Ariel, tu prends son parti contre ton propre *chum*. À ta place, je ne ferais pas ça. T'as le *kick* sur Vincent ou quoi?

La moutarde me monte au nez. Moi, le *kick* sur Vincent? Elle délire! Là, elle va trop loin! Je me lève d'un coup.

— Retire tes paroles tout de suite, Béatrice Thompson!

Elle se lève et s'approche de moi.

— Ah oui? Pourquoi? Réponds à ma question! dit-elle en me poussant sur l'épaule. Je le sais que tu caches quelque chose!

Là, je vois rouge! Je serre les poings et me mets à trembler de rage. Je n'ai qu'une envie, lui casser la figure! Ou défaire sa stupide chevelure bouclée qu'elle met tant de temps à coiffer. Je saisis la première chose qui me tombe sous la main: une vadrouille du concierge et je la brandis dans les airs. Béatrice se met à rire.

— Tu vas faire quoi ? Me laver ?

— Retire ce que tu as dit !

— Jamais ! Et je vais même en rajouter. T'es qu'une menteuse ! Je vais finir par percer ton secret, tu vas voir, et je te...

Plaf ! Je ne lui laisse pas le temps de terminer sa phrase et assène un bon coup de vadrouille en plein sur sa tronche pour la faire taire. Une vadrouille sale en plus. Ça lui apprendra, tiens.

Je me rends compte que je suis sûrement en train de me foutre dans le pétrin, encore une fois, mais la satisfaction de voir Béatrice toute sale, dégoulinante et mouillée est telle que je m'en fous.

Évidemment, elle est absolument hors d'elle. Elle s'empare alors d'un balai et tente de m'en donner un coup sur la figure.

— Tiens, prends ça ! crie-t-elle.

Je me déplace sur le côté, mais ne réussis pas à l'éviter complètement. Je reçois un coup de balai sur l'épaule. Je serre les dents. Je prends alors mon élan et envoie valser la vadrouille en tournoyant. Des gouttes d'eau grise virevoltent partout. Mon arme improvisée étant lourde et difficile à manier, je suis désavantagée. Ça me ralentit. Paf ! La vadrouille s'écrase sur le sol en éclaboussant tout autour. Béatrice contre-attaque avec son balai en visant mon ventre. Je tourne et reçois le coup dans les côtes. Je n'arrive pas à retenir un cri de douleur.

Aussitôt, Béatrice me donne un autre coup sur la tête. Pouark! Je reçois plein de poils et de poussière sur le visage. Dégoûtant! Je me mets à tousser. Avant même que nous puissions continuer, Megan et Marilou s'interposent entre nous deux.

— Ça suffit! dit Marilou. Vous voulez encore aboutir dans le bureau du directeur?

— Voyons, Ariel, tu es devenue folle! crie Guillaume. Qu'est-ce qui te prend?

Je respire un grand coup et tente de me calmer. Encore une fois, je me suis laissé contrôler par mes émotions. Maudite Béatrice! Pourquoi ne me fiche-t-elle pas la paix, aussi?

— Désolée, mais là, elle m'a poussée à bout.

— N'empêche qu'elle a raison, soupire Guillaume. Je ne te comprends plus, Ariel. Tu as changé. Avant, on avait du *fun* ensemble. Maintenant, tu es devenue super sérieuse et on ne peut plus se parler, on dirait. Tu es toujours sur la défensive et bizarre. Tu prends donc le parti de Vincent? Comment tu peux faire ça après tout ce qu'il t'a fait, la façon dont il t'a toujours traitée? On dirait que tu es devenue une étrangère.

Je suis interloquée. Est-ce vraiment l'impression que je donne? D'avoir changé à ce point-là?

— Navrée, mais toi aussi, tu as changé, Guillaume. Moi non plus, je ne te comprends plus.

— Alors, tu es avec moi ou contre moi, Ariel ?

Je le regarde dans les yeux. Son visage est dur, fermé. J'ai soudain l'impression que nous sommes devenus des ennemis. Il me lance un ultimatum ? Comment peut-il me faire ça ? Après tout ce qu'on a vécu ensemble ? C'est comme ça qu'il ose me traiter ? Tant pis, il aura sa réponse.

— Je ne suis pas d'accord avec ce que tu fais, Guillaume. C'est insensé et ridicule.

— Alors, nous n'avons plus rien à nous dire, tranche-t-il.

Un lourd silence accueille ses paroles. Je soupire et accuse le coup. Je me rends soudain compte qu'il a sans doute raison. Je me sens humiliée de vivre ça devant les autres filles, mais, curieusement, je sens un poids de moins sur mes épaules.

— C'est mieux comme ça, réponds-je, les larmes aux yeux.

— Viens Ariel, ton père est là, me dit Marilou en me prenant le bras.

Sans dire un mot de plus, je prends ma valise et me dirige vers la voiture. C'est fini. Étrangement, je n'ai pas tant de peine de perdre Guillaume...

***

Les fêtes s'écoulent tranquillement. Je me sens encore confuse dans mes émotions. Marilou est arrivée hier pour poursuivre notre mission au magasin. Elle a tenté de me consoler de son mieux, mais elle ne connaît même pas le fond de l'histoire. J'aimerais tant lui dire la vérité pour qu'elle comprenne ce que je traverse, mais c'est trop risqué. Laurence sait pour la déclaration d'amour de Vincent, mais pas pour ma vie d'espionne. Quant à Marilou, c'est l'inverse. Ma vérité est fractionnée entre mes deux meilleures amies. Je me sens si seule en ce moment et mon secret est devenu si lourd à porter.

Je n'arrive toujours pas à comprendre pourquoi les paroles de Béatrice m'ont mise dans un tel état. Je me sens plus empathique envers Vincent qu'avant, mais avoir le *kick* dessus ? Ark. C'est un vrai glaçon. Enfin, en apparence. C'est vrai, toutefois, qu'il s'acharne moins sur moi. Et si on m'accusait d'avoir profité de traitements de faveur grâce à ses sentiments pour moi ? Après tout, je suis l'une de celles qui a eu le plus de missions, mes notes sont excellentes et j'ai eu droit à des cours particuliers de Vincent. Ça pourrait être mal interprété.

J'ai l'impression qu'un étau se referme sur moi et que la vérité sortira un jour, même si je fais tout pour l'en empêcher. Je sens qu'elle m'échappe, comme du sable que j'essaierais de retenir entre mes doigts. Je ne sais plus quoi faire.

J'ai si peur de ce qui pourrait arriver.

CHAPITRE 9
Les choses se compliquent

Les vacances des fêtes ne sont pas encore terminées. Un soir, je n'arrive pas à trouver le sommeil. Le retour au collège commence à me stresser. Je me lève et décide d'aller chercher un verre d'eau en bas. Alors que je suis encore dans les marches, j'entends vaguement les voix de mes parents dans la cuisine.

— Tu crois que Larochelle est bel et bien le fils de Pierre ? murmure ma mère.

Larochelle ? Parlent-ils de Vincent ? Je m'arrête en haut des marches et m'accroupis pour mieux écouter.

— Je ne suis pas sûr, dit mon père. On n'a jamais eu trop de détails sur ce qui s'est passé après le drame. Ce n'est pas comme si le SCRS avait envoyé un mémo pour nous tenir au courant.

Le drame ? Qu'est-ce que c'est que cette histoire ?

— Pauvre petit, ajoute ma mère en secouant la tête.

Petit ? Un petit mesurant 1,80 m, oui.

— S'il perd son emploi, je ne sais pas ce qu'il arrivera de lui, marmonne mon père. Ça fait onze ans qu'il habite au collège et que c'est toute sa vie. Il n'a rien connu d'autre depuis une éternité.

— Monsieur Frost et le SCRS ne laisseraient jamais une telle chose arriver, voyons.

— Probablement, nous verrons bien.

Mes parents décident de sortir de la cuisine pour aller au salon. Je dois remonter pour éviter de me faire pincer. Je retourne à ma chambre, plus perplexe que jamais. Vincent aurait connu un drame plus jeune? Mes parents connaîtraient son père? Est-ce un agent, lui aussi? Et si je fais un calcul rapide, cela signifie que Vincent serait arrivé à l'âge de dix ans au collège. Bizarre, tous les élèves sont recrutés à seize ans seulement.

Il y a vraiment une aura de mystère autour de Vincent et elle s'épaissit encore.

***

Dernier jour de vacances. Alors que Marilou et moi jouons à *Castlevania, Lords of Shadow*, ma mère reçoit un coup de téléphone. Elle ne parle qu'une minute, mais je vois à son visage que c'est grave. Elle nous appelle alors.

— Les filles, je viens d'apprendre une terrible nouvelle, nous dit-elle.

— Qu'est-ce qui se passe?

Mon estomac se serre. J'espère que Vincent n'a pas été renvoyé.

— Monsieur Ledoux a été assassiné hier soir.

Notre gérant, assassiné ? Je suis renversée.

— Que s'est-il passé, exactement ?

— On l'a découvert dans son bureau. Il a été poignardé à plusieurs reprises. Mais l'enquête a démontré qu'il aurait été tué dans l'entrepôt, près de la cachette secrète, puis traîné dans son bureau. Le tueur a tenté d'effacer les traces de sang dans l'entrepôt pour faire croire qu'il aurait été tué dans son bureau pour l'argent dans son coffre-fort, mais la police et le SCRS ont trouvé des traces.

— Comment ont-ils fait pour en trouver aussi vite ? Notre gars est un amateur qui a laissé du sang par terre, ou quoi ?

— Il avait tout nettoyé, bien sûr, explique ma mère. Malgré tout, il y a des techniques, comme les lampes à ultraviolet, qui permettent de trouver des traces de fluides corporels, même après qu'on les a lavées. C'est un moyen rapide et simple pour obtenir des résultats probants lors des enquêtes.

C'est bien parce que mes parents travaillent pour le SCSR qu'ils ont le droit de savoir tout ça. Sinon, nous aurions sûrement eu un code vert avec une réunion dans un endroit privé pour être mis au courant.

213

Marilou et moi sommes en état de choc. Il était peut-être exécrable, mais il ne méritait pas de mourir ainsi. C'est horrible. Soudain, Marilou se met à pleurer.

— Je suis sûre que c'est ma faute, Ariel.

— Pourquoi dis-tu ça?

— Parce qu'il m'avait vue tout près de là. Et s'il avait décidé de fouiller dans ce coin-là parce qu'il m'a vue sortir de la cachette? Et si le tueur l'avait justement pris sur le fait à cause de ça?

— Voyons, Marilou, tu n'es pas responsable.

— Je sais, mais c'est plus fort que moi.

Pauvre Marilou. Je comprends pourquoi elle pense comme ça. On dirait que peu importe ce qu'on fait, on n'arrive pas à éviter que des gens innocents autour de nous souffrent. Faudra-t-il vraiment accepter toutes ces victimes collatérales dans notre carrière? N'y a-t-il pas moyen de faire mieux? Trouverai-je la réponse, un jour?

***

Janvier accueille les élèves de retour au collège après les vacances. Un retour plutôt lourd. J'ai réussi mon examen, mais une vingtaine d'élèves ont été éliminés du programme, nous sommes donc moins nombreux. Et la nouvelle de la mort de monsieur Ledoux a assombri notre mission.

Notre espion est clairement très dangereux et déterminé. Monsieur Ledoux avait-il réellement découvert quelque chose de compromettant ? Cela pourrait aussi changer certaines choses. S'il sent la soupe chaude, notre agent pourrait devenir encore plus menaçant et décider d'accélérer ce qu'il faisait, peu importe ce qu'il avait en tête. Il s'était tenu plutôt tranquille depuis le début de notre mission, sans faire d'éclat, mais là, ça va sûrement changer.

Est-ce Marco, notre électronicien talentueux qui a clairement vu des composants du satellite Y-38C dans sa vie ? Ou alors, Damien, notre supposé faux Asperger surdoué qui passe tout son temps cloîtré dans l'entrepôt à reprogrammer des trucs ? À moins que ce ne soit Jérémie ou Charles-Émile, qui cachent admirablement leur jeu ?

La dispute entre Béatrice et moi est heureusement passée inaperçue. Puisque ni elle ni moi n'avons décidé de porter plainte contre l'autre et qu'aucun témoin n'a parlé, l'incident est clos. Enfin, officiellement, car entre nous, l'ambiance est plus froide que jamais. Dire qu'on va peut-être se côtoyer encore un an et demi, peut-être même plus. On a quand même réussi trois examens sur les six qu'on doit passer avant d'avoir notre diplôme. C'est la moitié et c'est encourageant.

Les enseignants auraient dû voir le tout pourtant, car il y a des caméras partout dans l'école. Attendent-ils que l'on se dénonce? En tout cas, ce n'est pas moi qui vais le faire. À moins que nous n'ayons surestimé la surveillance dont ils font preuve.

— Tiens, la traîtresse, a marmonné Béatrice en me voyant arriver dans la salle commune des élèves.

Je suppose que pour elle, le fait que je défende un prof, antipathique par-dessus le marché, plutôt qu'un élève – et qui était mon *chum* –, c'est de la haute trahison.

— Attention aux vadrouilles, Béatrice, lui ai-je répondu d'un air moqueur.

Elle a fait la moue et est retournée dans sa chambre. Marilou a choisi d'être de mon côté, Dieu merci. Je ne la remercierai jamais assez pour ça. Bien sûr, elle a également droit aux vacheries et aux bouderies de Guillaume, de Béatrice et de plusieurs autres élèves qui soutenaient Guillaume – c'est-à-dire la plupart. Megan semble encore tiraillée. Partageant une chambre avec Béatrice, elle est obligée de la supporter même si elle ne l'aime pas, mais je pense qu'elle a peur d'aller contre la majorité et d'être isolée.

La bonne nouvelle – pour moi, du moins – est que monsieur Frost a annoncé qu'après avoir examiné la situation, il ne congédierait pas Vincent et que le SCRS ne le ferait pas non plus. Mieux, il est réintégré dans ses fonctions complètes. Vincent doit être soulagé, car, le connaissant, être cantonné à des tâches comme des préparations d'examen, ça devait le frustrer et l'ennuyer.

En revanche, Guillaume doit être furieux. Va-t-il vraiment quitter le collège pour ça ? J'en doute, il aime trop l'espionnage. En tout cas, il n'aurait pas dû se vanter qu'il allait faire payer Vincent, car tout le monde va s'apercevoir qu'il bluffait avec ses menaces. Pas très brillant, mais ça ne m'étonne qu'à moitié. Il a toujours été si vantard.

Quand il se contentait d'attirer l'attention en aidant les autres, ça allait, je trouvais ça mignon. Toutefois, je me rends compte, avec le recul, qu'il montrait déjà des signes de sa tendance à vouloir être le centre du monde et à être un peu égocentrique.

En tout cas, c'est la preuve que monsieur Frost, le collège et le SCRS font une confiance quasi absolue à Vincent. J'en suis soulagée. Maintenant, notre mission peut reprendre son cours normal.

Des rumeurs au collège prétendent que les parents de Guillaume voulaient emmener Vincent et le collège en justice. Cela aurait pu compromettre tout le secret de notre institution si l'histoire était sortie dans les journaux. Les mêmes racontars affirment que monsieur Frost et monsieur Marsolais se seraient rendus chez les parents de Guillaume pour leur parler et les décourager de faire cela.

Ont-ils été forcés de leur dévoiler la véritable vocation du collège pour les dissuader et les faire taire ? Personne ne le sait.

En tout cas, si Guillaume songeait vraiment à aller aussi loin dans sa vengeance, il s'est drôlement leurré. Il mériterait d'être expulsé du collège. Mais peut-être Monsieur Frost a-t-il décidé d'acheter la paix en le gardant ?

Sur une autre note, nous poursuivons notre mission au magasin. Je suis plutôt soulagée à l'idée de m'éloigner de l'école, justement. Nous sommes plus motivés et alertes que jamais depuis la mort de monsieur Ledoux. Notre nouveau gérant, monsieur Beauchemin, est du genre plutôt discret. Ça fait bizarre de ne plus avoir les concours de vente entre les employés, ou de ne plus entendre la voix de fausset de monsieur Ledoux lorsque les pauses sont trop longues. Je ne pensais pas m'ennuyer de son caractère de cochon à ce point.

La compétition de jeux vidéo de programmation de Marco approche à grands pas. Il l'a devancée de deux semaines ! Drôle de coïncidence, après le meurtre de monsieur Ledoux et le fait que notre coupable se soit procuré des substances pour des fusées. Peut-être est-il pressé d'en finir avec ce qu'il avait prévu.

J'ai tenté subtilement d'obtenir des détails de Marco concernant l'endroit où il a trouvé l'inspiration pour le matériel de son jeu aussi extraordinaire et réaliste.

— C'est un secret, a-t-il répondu en souriant de toutes ses grandes dents.

Si Marco est bien notre homme, il se donne des airs drôlement innocents. Son attitude décontractée par rapport à la compétition me laisse perplexe, en tout cas.

En attendant, une surprise de taille m'attendait à mon retour aux pratiques des *road runners*. Vincent vient tout juste d'être admis dans le groupe! Incroyable mais vrai, Vincent sait faire du *skate!* Et le pire, c'est qu'il n'est pas si mauvais.

— J'ai déjà été un adolescent, il n'y a pas si longtemps, a-t-il dit en voyant mon air ahuri.

C'est vrai que j'ai du mal à imaginer Vincent en adolescent maigre et boutonneux. Pourtant, il n'a pas toujours été comme aujourd'hui. Je suppose que le SCRS veut accélérer les choses en lui demandant de s'investir davantage. Assister aux pratiques de *skate* lui permet également d'être plus longtemps au magasin et donc, de mener sa recherche plus en profondeur.

Le système de cordes et de poulies mis au point par Damien et Marco pour descendre les grandes pièces du *skatepark* de l'entretoit est incroyable. Ces gars-là sont quand même des génies et je comprends mal pourquoi ils perdent leur temps dans un commerce d'électronique. Et s'ils étaient de mèche, tous les deux ? Après tout, rien ne dit qu'il n'y a qu'un seul coupable.

Pfff... pourquoi notre agent est-il si difficile à attraper ? Nous savons pas mal où est notre satellite maintenant, mais si on le reprend et qu'on laisse notre espion filer, notre homme risque de recommencer et commettre d'autres crimes. Et pas d'indices de son implication. Comment fait-il pour se cacher aussi bien ?

Pire : le brouilleur d'ondes qu'il a installé pour bloquer le signal du satellite brouille également celui des caméras cachées que nous avons placées dans l'entrepôt. On ne peut donc pas le coincer sur le fait s'il va travailler sur le satellite. Bien sûr, si nous désactivons l'appareil, il va s'en apercevoir et se méfiera. Il ne doit se douter de rien.

Parlant de se douter de rien, Vincent et moi apercevons Charles-Émile s'approcher silencieusement de Damien, qui prend des notes, et ce, pendant que Bertha, un peu plus loin, boit de l'eau et ne le surveille pas.

Charles-Émile fait exprès d'accrocher le café de Damien qui se répand sur son ordinateur.

— Oups! Je suis vraiment maladroit, désolé, dit hypocritement Charles-Émile.

Grrr... non mais, ça lui fait vraiment plaisir de s'en prendre à Damien? Je ne comprends pas comment on peut aimer faire souffrir les autres et leur rendre la vie désagréable. Ce gars a vraiment un problème entre les deux oreilles.

— Attends-moi, je reviens, me dit Vincent.

Il va alors rejoindre Charles-Émile et lui entoure les épaules de son bras d'une manière presque chaleureuse. Je sais que Vincent peut être un acteur étonnant lorsque nécessaire, mais son attitude est plutôt étrange. Je le vois ensuite partir avec Charles-Émile dans un coin éloigné de l'entrepôt, pendant que les autres continuent leurs prouesses sur roulettes.

Que mijote-t-il?

Je décide de le suivre discrètement. Les deux hommes sont maintenant hors de vue, dans un endroit reculé et discret. Je reste cachée derrière les étagères pour les observer.

Tout à coup, Vincent donne un petit coup du bout des doigts sur le cou de Charles-Émile, tout près de la jugulaire. Charles-Émile devient subitement blanc comme un fantôme, titube et semble sur le point de perdre connaissance. Vincent lui porte alors un coup de genou dans les reins. Il attrape ensuite Charles-

Émile par le cou avec une prise de bras et pose une main sur sa bouche pour l'empêcher de crier.

Je ne peux m'empêcher d'être à la fois horrifiée et un peu contente, après avoir vu Charles-Émile s'en prendre constamment à Damien.

— Écoute-moi bien, dit Vincent dans l'oreille de Charles-Émile. Si je te vois encore t'approcher de Damien pour autre chose que le travail, tu auras affaire à moi. Et je t'avertis. Je connais très bien notre nouveau gérant. J'ai même des preuves de ce que tu fais à Damien. J'en sais plus que tu n'en sauras jamais sur l'anatomie humaine. Ce que je viens de te faire, c'est toucher ton nerf vague, qui gère une bonne partie de tes fonctions vitales. Si je le désirais, je pourrais arrêter ton cœur ou te paralyser en abîmant ce nerf et ça ne laisserait aucune trace, alors inutile de porter plainte. C'est bien compris?

Je reste là, cachée, complètement figée. Vincent doit se retenir de faire cela depuis une éternité. Et Charles-Émile est son supérieur, en plus. Soudaine-ment, je n'ai aucun mal à imaginer Vincent en train de torturer des prisonniers lors d'interrogatoires, comme le prétendent certaines rumeurs du collège.

Vincent relâche alors Charles-Émile, qui part sans dire un mot et sans me voir au passage. S'il le pouvait, il se sauverait en courant. Il ne doit rien comprendre. Je trouve cela à la fois courageux et dangereux de la part de Vincent d'avoir fait ça. Qui dit que l'autre ne le dénoncera pas ?

— Vous pouvez sortir de votre cachette, mademoiselle Laforce.

Évidemment, je ne suis pas surprise qu'il sache que je suis là. Je m'approche doucement.

— Pourquoi avez-vous fait ça ? lui dis-je. C'est risqué.

— Parce qu'il le méritait depuis longtemps. Et je ne tolère pas qu'on s'en prenne à des innocents. Ne vous en faites pas, monsieur Beauchemin, notre nouveau gérant, est l'un des nôtres.

L'un des nôtres ? Il veut dire que c'est aussi un agent du SCRS ? Ces derniers ont dû profiter de la mort de monsieur Ledoux pour mettre un espion bien placé pour tout surveiller. Dans ce cas, Vincent ne devrait pas avoir de problème. Sauf si Charles-Émile va voir la police.

Je ne savais pas que Vincent se posait en défenseur de la veuve et de l'orphelin et tentait de protéger les personnes sans défense comme Damien. Même s'il me donne encore un peu froid dans le dos, je suis agréablement étonnée de voir Vincent faire preuve de compassion à l'égard de notre Asperger.

— C'est vrai que vous avez des preuves du comportement de Charles-Émile ?

— J'ai installé une caméra dans le bureau de Damien quand nous avons commencé à soupçonner qu'il reprogrammait le « four à micro-ondes ».

— Oh… je vois.

— Malheureusement, si quelqu'un utilise Damien, on ne le voit jamais s'en approcher pour cela. Peut-être donne-t-il ses consignes ailleurs. Et si Damien fait semblant d'être Asperger, ça ne paraît pas devant la caméra.

— Monsieur Blackman peut bien avoir du mal à déterminer s'il feint ou pas.

Vincent émet soudainement un sifflement strident. Que fait-il ? Quelques secondes plus tard, Bertha arrive en courant. Elle s'assoit docilement devant Vincent, qui lui donne une friandise. Comme d'habitude, il s'entend presque mieux avec les animaux qu'avec les humains. Ça me fait penser…

— Est-ce vous qui avez entraîné Bertha à grogner contre Charles-Émile ?

Vincent sourit en flattant l'arrière des oreilles de Bertha. J'ai ma réponse. Décidément, Vincent fait preuve d'une empathie qui me surprend. On jurerait qu'il a des étincelles dans les yeux.

Et si je l'avais mal jugé ? Que sais-je de lui, en fait ? Pas grand-chose, il est si secret que personne ne le connaît vraiment. À part peut-être des profs qui lui ont enseigné, comme monsieur Marsolais, et qui a même été son tuteur. D'ailleurs, j'ai déjà vu monsieur Marsolais s'entretenir avec lui comme il l'aurait fait avec son propre fils. Il se préoccupe souvent de son sort et lui parle presque avec affection.

A-t-il d'autres secrets ? Que peut-il cacher encore ?

***

Une semaine après les menaces de Vincent à l'endroit de Charles-Émile, ce dernier a donné sa démission. Faut croire qu'il a vraiment été terrorisé. En tout cas, ce n'est sûrement pas lui notre espion, car il ne serait pas parti ainsi. Un agent professionnel et endurci n'aurait pas eu peur et n'aurait pas abandonné son travail aussi vite. Un suspect de moins pour nous, en tout cas.

Puisque nous devons être au top pour le concours de programmation de satellite/combat de zombies qui pourrait être déterminant pour notre enquête, car il nous permettra peut-être d'en découvrir davantage sur notre coupable, mais aussi sur ce que ce dernier compte faire avec le satellite, monsieur Frost a ordonné à Vincent de me donner un cours accéléré de technologie et de programmation. Berk. Je hais la programmation, c'est sûrement la partie qui me déplaît le plus dans le travail d'espion. Moi, je préfère botter des derrières à coups de savate bien sentis.

On jurerait que la vie ne fait que ça, mettre Vincent sur mon chemin. D'autres leçons privées pour lui et moi pourraient encore susciter des questions embarrassantes de la part des autres élèves, qui doivent commencer à se dire que j'ai souvent droit à ce genre de «privilège» même si je sais que personne ne m'envie ces cours en tête à tête avec Vincent. Sans compter que je n'arrive pas à me débarrasser de ce mélange de sentiments contradictoires à son égard.

Un moment, je me souviens de sa fameuse déclaration, ce surprenant moment de faiblesse qu'il n'aurait jamais eu dans des circonstances normales, et je compatis. C'est difficile d'aimer quelqu'un sans pouvoir espérer être aimé en retour. Cela le fait-il souffrir, des fois? Je me demande parfois comment il se sent au plus profond de lui.

À d'autres moments, je le vois uniquement comme cet être froid, sinistre, désagréable et dénué d'émotions humaines. Vincent-pas-de-cœur ou «le glaçon ténébreux», comme l'a surnommé Marilou avec justesse. Celui qui doit penser que le tact, la politesse et la diplomatie sont aussi utiles que le lapin de Pâques. Celui qui prend plaisir à relever une erreur – si minime soit-elle –, à souligner un manquement ou un retard, ou simplement à humilier les élèves, pour mieux les former, comme il dit.

Quel genre de vie a-t-il pu avoir pour être comme ça? Ses parents étaient militaires, ou quoi? Quel mystère ce type cache-t-il derrière cette façade en béton armé?

Pendant la période d'études, juste après les cours, je dois me rendre à son bureau pour suivre mes leçons accélérées particulières. Je suis partagée entre le fait de me trouver encore seule avec Vincent et d'échapper à la période d'études à la bibliothèque où je me ferai encore regarder de travers par certains élèves, qui ne m'ont pas pardonné d'avoir été contre Guillaume.

Marilou, de son côté, préfère étudier seule dans notre chambre. Par chance, elle est du genre relativement réservé et solitaire et prétend ne pas trop souffrir de la situation. Je ne sais pas si elle tente de me faire sentir moins coupable en me disant cela.

— De toute façon, je suis contente que tu aies cassé avec Guillaume, m'a-t-elle confié. Il peut être très gentil et généreux, mais j'ai toujours trouvé qu'il cherchait l'attention à tout prix. C'était vraiment agaçant, à la longue.

Pense-t-elle vraiment cela? Si oui, pourquoi ne pas me l'avoir dit plus tôt, et si non, c'est un gentil mensonge, mais un mensonge quand même. À moins qu'elle me dise ça juste parce que je ne suis plus avec lui et qu'elle a décidé de prendre mon parti par amitié.

Je me rends compte que les cours de synergologie de monsieur Blackman risquent de m'être vraiment utiles à la longue, car je ne réussis pas encore à voir parfaitement au-delà de la surface des gens.

J'arrive à l'entrée du bureau de Vincent; la porte est ouverte, mais je ne le vois nulle part. Curieux, il est si ponctuel d'habitude. Pour qu'il soit absent, il a dû avoir une urgence. Devrais-je l'attendre ou m'en aller?

Alors que je m'apprête à rebrousser chemin, j'entends soudain un faible bruit provenant de son bureau. Curieux, on dirait les notes d'un instrument de musique. J'entre très discrètement et silencieusement. Je ne devrais peut-être pas aller aussi loin sans avoir eu de permission, mais tant pis, je suis trop curieuse. Au fond, à droite, j'aperçois une porte à peine entrouverte. Elle mène aux appartements de Vincent, adjacents à son bureau.

Je marche sur la pointe des pieds jusqu'à la porte. Ce que j'entends, c'est… de la guitare! Je jette un œil par la fente de la porte. Vincent me tourne le dos. Il est assis sur son lit et joue de la guitare! Un air de flamenco? Je dois avoir la berlue. Je secoue la tête et regarde encore.

Au moment où je m'apprête à l'épier une nouvelle fois, Vincent tourne la tête et m'aperçoit. Il bondit alors sur ses pieds et cache sa guitare sous son lit en un quart de seconde. Je recule brusquement. Je ne sais pas pourquoi, mais je me sens comme si je l'avais surpris en train de faire quelque chose de… je ne sais pas trop… de privé?

Il sort brusquement de sa chambre et referme la porte à toute vitesse, comme s'il y avait quelque chose de honteux. Entre-temps, j'ai eu le temps de voir des fleurs, sur le bord de sa fenêtre. Et pas n'importe quelle sorte: des orchidées. Blanches, roses, mauves. Des fleurs vraiment magnifiques, délicates comme de la dentelle. Il a ça dans sa chambre?

— Qu'avez-vous vu? demande-t-il promptement.

— Heu… rien.

Vincent me jette un regard sceptique, l'air de dire: «Ne me prenez pas pour un crétin.» C'est vrai, au fond, pourquoi je lui mens? Ça ne sert à rien, puisqu'il le sait tout de suite. Je soupire.

— Bon, d'accord. J'ai vu des orchidées. Là, ça va?

— C'est tout?

— Ça et la guitare. Mais rien d'autre, je le jure.

— D'accord. Alors, asseyez-vous là et commençons sans tarder, dit-il en désignant un autre bureau où se trouvent deux chaises, côte à côte.

Vincent a vite remis son masque de froidure extrême. La leçon peut commencer de manière professionnelle, comme il le désire. La parenthèse personnelle est fermée.

Pendant près d'une heure, Vincent me montre des circuits logiques programmables, m'explique comment modifier des connexions ou le comportement du composant électronique. Bien que j'aie du mal à tout saisir du premier coup, Vincent s'avère étonnamment patient, alors qu'il est si intolérant d'habitude. Je dirais même que son cours est agréable et relax, malgré le sujet rébarbatif.

J'ai de plus en plus l'impression que ces dernières semaines, l'attitude de Vincent s'est détendue à mon égard. Comme si le fait d'avoir avoué ses sentiments et d'avoir conclu une entente secrète entre nous faisait en sorte qu'il ne sentait plus le besoin de se cacher autant qu'avant. Par moments on dirait qu'il tente encore de camoufler le fait qu'il n'est pas une machine, comme tout à l'heure. Mais il y a maintenant des instants où je le sens décontracté. Un mot que je n'aurais jamais imaginé pour Vincent il n'y a pas si longtemps, lui qui est raide comme une barre de fer.

Il commence à sourire et il a même ri une fois en me donnant une explication. Plus je le côtoie, plus je vois qu'il n'est pas le bloc monolithique, froid et ennuyeux que j'imaginais. Il y a plusieurs facettes à sa personnalité et se montre même un brin agréable. Agréable? J'ai bien dit agréable? Vincent-pas-de-cœur?

Je pense que si je racontais ça aux autres, ils ne me croiraient pas. Une apparition du yéti dans le collège serait plus crédible. Non, j'ai intérêt à oublier tout ça, de toute manière, car on se moquerait de moi et on se demanderait si je n'ai pas de traitements de faveur. Et Vincent est mon enseignant, je suis son élève. On n'a pas besoin d'être désagréables l'un envers l'autre.

Puisque nous allons probablement continuer de travailler ensemble quand je serai au SCRS, être à l'aise avec lui sera essentiel. Sinon, chaque fois que j'irai en mission avec lui, je vais encore devoir feindre d'ignorer l'éléphant rose à pois qui danse de la polka dans la pièce. Et ça, ce n'est pas très intéressant, comme perspective.

CHAPITRE 10
Mensonges et surprises

Le mois de janvier se poursuit. Heureusement que j'ai mes pratiques de *longboard* du vendredi soir avec les *road runners*, sinon je m'ennuierais à mourir. C'est d'ailleurs la partie la plus divertissante de ma mission en ce moment.

Après mon cours de biologie du lundi, je décide de me rendre dans le bureau de monsieur Blackman. Bien que je commence à décoder un peu mieux le langage non verbal, je sais bien que je suis loin de maîtriser cet art. Je dois valider quelque chose avec lui et il est clairement la meilleure personne pour ça. Je frappe à sa porte entrouverte.

— Oui ? Entrez, mademoiselle Laforce. Que puis-je faire pour vous ?

— Bonjour, monsieur Blackman. Heu... je peux vous poser une question ?

— Évidemment.

— Vous savez bien décoder les émotions, c'est votre domaine. J'aimerais pouvoir contrôler et dissimuler mes sentiments plus aisément, car je vous avoue que ça me cause parfois des problèmes. Est-ce vraiment possible ?

Monsieur Blackman penche la tête sur le côté et plisse les yeux.

— Oui, c'est possible. Tout le monde peut y parvenir. Évidemment, les gens auront toujours des émotions et, parfois, cela transparaît malgré tout. Quelqu'un comme moi peut décoder cela. Camoufler ses sentiments demande d'être parfaitement conscient de son propre corps et de ce qu'il trahit.

Je le regarde dans les yeux. Je sais que je ne parviens pas à cacher complètement mon malaise avec Vincent, malgré tous mes efforts. Et le fait que Béatrice en particulier se doute de quelque chose commence à me terrifier. Et que, si qui se ressemble s'assemble, alors, étant donné que Béatrice passe beaucoup de temps avec Guillaume, elle risque d'avoir un comportement semblable. Je sais aussi qu'elle est prête à tout pour me nuire, elle l'a déjà fait. Elle pourrait certainement me faire du tort ainsi qu'à Vincent. Je dois l'en empêcher.

Je repense aux paroles de Béatrice lors de notre engueulade.

« Depuis un bout, il me semble que Vincent est moins sur le dos d'Ariel qu'avant. Tout le monde l'a remarqué, tu sais. »

Et que dire de mon attitude à moi?

— Désirez-vous dissimuler quelque chose de précis, mademoiselle Laforce?

— Non, pas vraiment.

Monsieur Blackman sourit.

— Vous rougissez et vous venez de vous gratter le cou, mademoiselle. Vous mentez.

Bravo. C'est dit, je suis nulle. Si le prochain examen inclut une section «Trompez des gens», je suis foutue.

— Ne craignez rien, mademoiselle, si vous me confiez quelque chose et qu'il n'y a rien d'illégal ou de problématique, ça restera confidentiel.

— Merci, mais je n'y tiens pas. Êtes-vous en train de me dire que quand les gens se grattent, ils mentent?

— Pas toujours. Cependant, les microdémangeaisons ont une origine physiologique et correspondent à des pulsions que l'on réprime. Quand on est mal à l'aise, le corps a tendance à se gratter. Ça arrive quand il y a un décalage entre ce que l'on dit et ce que l'on pense. Tout ce que je peux vous conseiller, c'est que si vous voulez vraiment apprendre à cacher vos sentiments, prenez conscience des signaux que votre corps envoie lorsque vous mentez, de ses réactions. Car ces signes peuvent varier légèrement d'une personne à l'autre. À partir de ce moment, vous apprendrez à les contrôler.

— Je vois. Merci.

Je m'apprête à partir lorsqu'une autre question surgit dans mon esprit.

— Dites donc, le type de l'interrogatoire que vous nous avez fait analyser cet automne, vous ne nous avez jamais donné les résultats de l'enquête. Il avait mis la bombe ou pas ?

— D'après vous ?

— Hum… moi, je ne crois pas.

— Pourquoi ?

— En fait, je ne sais pas trop. Il était embrigadé dans son gang de motards, sans que j'aie l'impression que c'était quelqu'un capable d'actes violents.

— Un je-ne-sais-quoi qui vous fait penser cela ?

— Disons, oui.

— Eh bien, vous avez raison. Notre homme était innocent et votre instinct l'a senti. Vous voyez, vous n'êtes pas si mauvaise que vous le croyez. Vous sentez les choses, mais vous avez seulement du mal à les interpréter. Ça viendra, faites-vous confiance.

— Je m'en souviendrai. Merci, monsieur Blackman.

— Bonne journée, mademoiselle. Si vous avez encore besoin d'aide, n'hésitez pas.

Je n'ai pas vraiment eu le temps de mettre en pratique ce que monsieur Blackman m'a dit, mes horaires sont si chargés. Mais je dois absolument travailler là-dessus. Peut-être pourrais-je même demander l'aide de Marilou ? Trouver un bon prétexte pour ça devrait être facile.

***

Aujourd'hui, je suis en plein cours d'espagnol. Tout à coup, je reçois un texto.

Code jaune.
Rendez-vous avec monsieur Frost, salle de chauffage et chaudières, deuxième sous-sol, à la sortie du cours.

Code jaune, une urgence d'importance moyenne. Nous voilà donc, peu de temps après, de retour dans la fameuse salle des chaudières, au deuxième sous-sol, après notre cours, Marilou, Vincent, Kevin et moi. L'information doit être sensible. Monsieur Frost, accompagné de monsieur Blackman, arrive et ouvre la porte derrière un gros système de chauffage, dont le lecteur biométrique est caché dans la boîte métallique murale.

Nous entrons de nouveau dans la salle de conférence de notre bunker en béton de la Seconde Guerre mondiale. Dès que nous sommes assis, monsieur Frost ne perd pas de temps.

— Nous avons observé les vidéos de Damien Allard et avons mis la main sur une copie du jeu vidéo de Marco Demers, déclare-t-il. Nous avons vu monsieur Allard reprogrammer certains composants que nous savons maintenant être du satellite volé. Nous supposons que ces derniers ont été prélevés du satellite pour que Damien puisse travailler dessus plus aisément. Ce dernier n'est sans doute pas loin, afin de ne pas faire de longs transports avec les pièces. Et le jeu de monsieur Demers contient des simulations qui vont dans le même sens. Nous avons même pu voir l'ordinateur du Y-38C, qui a été reprogrammé en bonne partie par monsieur Allard.

Hum... Damien aurait donc reprogrammé le satellite? Mais pour quoi faire?

— Selon toute vraisemblance, le nouvel objectif serait d'utiliser le satellite Y-38C pour attaquer les États-Unis avec ses rayons à micro-ondes, dit monsieur Frost.

Quoi?!? C'est une blague? Ils n'ont pas exactement des objectifs modestes, nos espions. Et où, aux États-Unis? La Maison-Blanche? C'est grave, là. Il faut agir et vite.

— Damien veut attaquer les États-Unis? dit Marilou, atterrée.

— Non, pas Damien, répond monsieur Blackman. Après avoir visionné tous les films que vous avez amassés sur lui, j'en suis venu à la conclusion que

Damien Allard est vraiment Asperger. Il ne feint pas. Il a peut-être du mal à saisir les subtilités des expressions humaines, mais ça ne l'empêche pas d'en exprimer beaucoup. De plus, je n'ai relevé aucun moment où il aurait relâché sa concentration et abandonné temporairement son rôle. Ce qui serait certainement arrivé à un moment ou un autre, s'il avait fait semblant. Et il y a fort à parier qu'il est manipulé par quelqu'un, mais par qui?

— D'ailleurs, je vous avais mentionné il y a quelques mois que Damien répète souvent des phrases qui me laissent perplexe, dis-je. « La trappe en haut est ouverte » et « Le livreur de la grande radio est arrivé. » Il y a de bonnes chances qu'il parle de la cachette secrète lorsqu'il mentionne « la trappe », non?

— Fort possible, oui, dit monsieur Blackman. Il l'a sûrement vue ou y a eu accès.

— Et la grande radio? demande Marilou.

— Le satellite Y-38C, peut-être? suggère Vincent. Il est possible que Damien ait effectivement vu notre groupe de voleurs l'apporter au magasin.

— Vous croyez qu'ils auraient pris le risque que Damien voie tout ça? s'étonne Kevin.

— Avec son comportement marginal, Damien est rarement pris au sérieux, rétorque Vincent. Sauf quand il s'agit du travail lui-même. Ceux qui l'utilisent ont dû s'imaginer qu'il ne représentait pas une grosse menace s'il parlait.

— Mais pour quel mobile précis s'en prendre aux États-Unis? dis-je. Et sait-on qui, parmi les employés, aurait de telles raisons?

— Les groupes et les motifs abondent, répond Vincent. Les États-Unis sont impliqués à plusieurs niveaux partout dans le monde et ils ne font pas dans la dentelle. Beaucoup de personnes détestent les Américains, ça leur fait beaucoup d'ennemis, tant politiques, que sociaux ou même religieux.

— Vous croyez qu'on aurait droit à un genre de nouveau 11 septembre[14]? interroge Marilou.

— Il ne faut rien écarter, dit monsieur Blackman.

— Et ce n'est pas un hasard, selon vous, si Marco a fait devancer la compétition de jeu vidéo? demande Kevin.

— Sûrement pas, répond monsieur Frost. Nous ne savons pas trop pourquoi, mais nous soupçonnons que celui qui désire attaquer les États-Unis n'est pas parvenu à ses fins. Faire participer plusieurs personnes – tous de fins connaisseurs en technologie – dans un contexte de compétitions leur permettrait peut-être de mettre la main sur le surdoué qui arrivera à finaliser la programmation du Y-38C.

14   Date de l'attaque terroriste sur les tours de World Trade Center à New York et sur le Pentagone, à Washington, avec des avions civils.

— Qu'est-ce qui vous fait croire que ce n'est pas déjà fait? demande Marilou.

— Si c'était le cas, ils seraient déjà passés à l'action. Et ils n'auraient pas fait cette compétition en exhibant au grand jour une copie parfaite des circuits d'un prototype ultrasecret. S'ils font cela, c'est parce qu'ils ne peuvent faire autrement pour arriver à leurs fins. Ils espèrent sans doute que quelqu'un programmera le satellite, sans s'en rendre compte, pendant la compétition.

— Et nous n'avons toujours aucune preuve directe que ce serait Marco? dis-je.

— Non, répond Vincent, notre homme est brillant. Il ne donne jamais de consignes directement à Damien et, s'il a travaillé sur le satellite, il a utilisé des gants, car il n'y a aucune empreinte digitale sur le casier examiné, ni sur le brouilleur d'ondes, ni sur la boîte mystère trouvée dans la cachette. D'ailleurs, il semblerait que Jérémie Gosselin aurait clairement participé à la conception de ce fameux jeu.

— La compétition a lieu dans une semaine, soit vendredi, dit Kevin. On sera peut-être fixés bientôt.

— Espérons-le, répond monsieur Frost.

***

Plus que quelques jours avant la fameuse compétition de Marco. Notre gérant, monsieur Beauchemin, a même donné l'autorisation de commencer une heure avant la fermeture du magasin ! Les employés feront des rotations, afin d'assurer qu'il y a toujours une présence sur le plancher. C'est sûrement un ordre du SCRS en ce sens.

J'ai terminé mes cours particuliers avec Vincent pour être de niveau avec les autres pour la compétition. Je suis plus convaincue que jamais que, malgré ses défauts, c'est un excellent professeur et qu'on ne peut se passer de ses talents. Que ce soit pour connaître les armes, connaître par cœur toutes les techniques d'arts martiaux, faire preuve d'une observation sans faille, résister à la douleur et à l'épuisement, ou maîtriser la technologie à la perfection, il est l'homme de la situation. Et ses conseils ou recommandations sont toujours clairs et efficaces.

Je me rends maintenant compte que mon meilleur allié, si je veux détruire les hypothèses de Béatrice, c'est lui. Je ne peux risquer d'impliquer quelqu'un d'autre, et je ne peux rêver d'un meilleur associé, au fond. Je ne veux pas perdre ma crédibilité si elle découvrait la vérité et sûrement que Vincent non plus. Moi aussi, je pourrais y perdre beaucoup. Et si on remettait en question jusqu'aux résultats de mes tests ou même ma place au collège, si un doute survenait quant à l'impartialité de Vincent à mon égard ?

Je me rends donc à son bureau, peu de temps avant le couvre-feu du collège.

— Oui? dit-il lorsque je frappe à sa porte.

J'entre dans son bureau et referme la porte derrière moi. Évidemment, il est en train d'étudier des dossiers. J'ai l'impression que je ne risque plus de tomber sur lui à gratter des airs de guitare. Il a dû avoir sa leçon et ne plus vouloir se faire prendre en flagrant délit de « sensibilité ».

— Écoutez, monsieur Larochelle, je... j'ai bien réfléchi dernièrement et j'aurais deux demandes à vous faire.

Vincent fronce les sourcils et cligne des yeux, perplexe.

— Je vous écoute.

— Je veux que vous m'aidiez à me perfectionner afin de mieux contrôler mes sentiments comme vous aviez déjà commencé à le faire, mais surtout, à pouvoir cacher mes émotions quand je mens.

Vincent continue de m'observer, avec une expression un peu sceptique. Évidemment, il doit saisir qu'il y a anguille sous roche.

— Ensuite? demande-t-il.

Je prends une grande respiration pour me donner du courage. Je n'arrive pas à croire que je vais vraiment lui demander ça. Mais en songeant aux paroles de Béatrice, au fait que les différences de comportement entre Vincent et moi sont visibles de tous, que Marilou me l'a même souligné, je pense que je n'ai plus le choix. Il n'y a que lui qui peut parvenir à régler tout ça.

— J'aimerais que vous recommenciez à me traiter comme avant, lui dis-je.

— Je vous demande pardon ? dit-il, consterné.

— Ça fait quelques fois que des élèves m'en font la remarque. Non seulement ma façon d'agir avec vous a changé, mais votre attitude à mon égard est différente d'autrefois. Personne ne sait pourquoi, mais tout le monde se doute de quelque chose. Je pense que ça pourrait être dangereux pour vous et pour moi.

Vincent reste muet. Je n'arrive pas à dire s'il est abasourdi, perplexe, en colère ou autre chose.

— Et selon vous, comment je vous traitais avant ? demande-t-il enfin.

— Bien, vous étiez plutôt désagréable avec moi, pour être honnête. Là, on dirait que vous êtes, je ne sais pas, plus conciliant.

— Et vous souhaitez que je redevienne aussi... désagréable, comme vous dites, que l'année dernière ? répète-t-il, interloqué.

Je me rends compte que ma demande semble tout à fait incongrue. Dire que l'an dernier, justement, je ne cessais de me plaindre qu'il s'acharnait sur moi.

À ce moment précis, je ne sais pas pourquoi, une vague d'émotions m'envahit. Je devrais la maîtriser, mais je n'y parviens pas.

Ce secret que je tente désespérément de retenir, le fait d'être toujours mal à l'aise et sur la défensive, de ne plus savoir sur quel pied danser, le sentiment d'être isolée et cernée, tout cela me pèse et m'effraie de plus en plus. J'ai du mal à agir de manière naturelle en sa présence ou même quand on mentionne son nom. Je pense que j'aimerais mieux affronter des terroristes armés jusqu'aux dents plutôt que de voir la vérité sur les sentiments de Vincent envers moi éclater au grand jour.

J'ai une boule dans la gorge et les larmes me montent aux yeux. Ah non, pas ça! Et devant lui, en plus! Il va vraiment croire que je ne suis qu'une trouillarde, maintenant. Je tente maladroitement de m'essuyer.

— Vous devez absolument rétablir la situation comme elle était, lui dis-je dans mes pleurs que je tente de refouler. S'il vous plaît. Les autres suspectent quelque chose entre vous et moi, et j'ai peur qu'on apprenne ce que vous m'avez dit. Vous devez éliminer tous les soupçons en faisant tout revenir comme avant, moi je n'y arrive pas! Et ça me fait peur...

J'essaie encore de retenir mes sanglots, en vain. Et je me sens si humiliée de faire cela devant Vincent en plus. Lui qui ne tolère jamais la moindre faiblesse. Il va sûrement me dire de me ressaisir et de cesser de pleurnicher comme une enfant.

Contrairement à mes attentes, Vincent se lève, s'approche de moi et pose ses mains sur mes épaules. Je me détends un peu, l'espace d'une seconde, puis je recule. Non, c'est vraiment inapproprié, ça ! Et pas professionnel pour deux sous ! Vincent recule alors à son tour et s'approche de la fenêtre où il regarde distraitement le jardin enneigé.

— Si vous saviez comme je regrette de vous avoir dit tout cela, avoue-t-il. Tout est de ma faute. Je suis vraiment navré, vous n'auriez jamais dû vivre une telle situation. Si je pouvais revenir en arrière et effacer ce stupide moment de faiblesse, je le ferais.

— Curieusement, même si ça me met à l'envers depuis des mois, je pense que je préfère savoir la vérité.

— Ah oui ? Pourquoi ?

— Parce que j'apprends à vraiment vous découvrir depuis ce temps-là et, même si je n'en sais pas beaucoup sur vous, vous n'êtes pas comme je l'imaginais. Vous êtes bien mieux, je trouve.

— Peut-être, mais je pense que vous ne devriez pas me connaître davantage, dit-il. Je vous l'ai dit, nous devons garder nos distances le plus possible. De toute façon, il ne pourrait jamais rien y avoir entre vous et moi, alors mes sentiments importent peu. Même lorsque vous aurez terminé votre formation et que nous deviendrons sûrement des collègues, je ne peux pas me permettre de relations. Ni même de sentiments envers qui que ce soit. C'est trop dangereux. J'ai déjà failli à une mission à cause de cela, et ça ne peut plus se reproduire. Acceptez encore mes excuses pour ce que j'ai fait et pour la situation dans laquelle je vous ai mise. N'ayez crainte, je vais y remédier en faisant revenir les choses telles qu'elles étaient. Ça vaudra mieux pour vous et pour moi.

Soudain, je regrette de lui avoir fait cette demande. J'ai l'impression que plus jamais, je ne reverrai ce côté de Vincent que je commençais tout juste à découvrir et que j'aimais bien, que j'appréciais.

Bizarre, pourquoi est-il comme cela ? Qu'est-ce qui lui fait si peur dans le fait d'avoir des émotions envers les autres ? Ce n'est quand même pas comme si j'étais tombée amoureuse de lui depuis sa déclaration. Lui est-il arrivé une expérience mauvaise au point de vouloir couper pratiquement toute forme de contact humain agréable ? Il a parlé d'une mission qui aurait presque échoué. Est-ce cela, sa fameuse bévue dont certains professeurs ont parlé, à demi-mot ?

Et cet aspect sensible et humain de sa personne, pourquoi le cacher ainsi ? Comme s'il en avait honte ou qu'il avait peur de trop se dévoiler. Les autres enseignants et agents du SCRS ne sont pourtant pas comme cela. Mais que se passe-t-il dans sa tête ?

Je dois absolument découvrir ce qui l'a rendu comme ça.

***

Le jour J. La compétition vient juste de commencer. Le SCRS nous a ordonné de dénicher un max d'infos sur le jeu et la simulation de programmation. Bien sûr, ils examineront les vidéos que nous aurons faites avec nos caméras cachées. Ils nous ont aussi demandé de nous concentrer sur les suspects, espérant que des indices apparaîtront. Dans la cuisine, des écrans presque géants sont installés avec des claviers et des *joysticks*. Marco a vraiment mis le paquet pour que ce soit exceptionnel. Il s'est donné à fond et je vois que les autres ont participé et embarqué aussi au max.

Ça égale presque les compétitions factices que le SCRS avait organisées pour recruter des jeunes pour l'École nationale des espions.

Marco est partout à la fois, assisté de Jérémie et de Damien, toujours aussi concentré sur son travail. Les employés se relaient entre le plancher et la cuisine, où sont situées les consoles de jeux. Sur les écrans, un mélange de simulation de combat entre émules de chevaliers médiévaux, d'astronautes et de zombies sanglants a commencé, suivi d'énigmes à résoudre et de codes techniques complexes à décrypter. C'est que Marco a inventé un scénario de voyages dans le temps et de malédiction prophétique. Digne de l'*Armée des ténèbres* et de son grimoire maléfique, *Necronomicon*.

Marco et Damien surveillent le tout afin de pallier tout bogue potentiel, de veiller au respect des règlements et de compiler les résultats de la compétition.

Marilou et moi sommes dans les vestiaires, à nous préparer. Kevin et Vincent sont déjà sur place, à jouer. Vincent m'a même confié sa veste, afin de se sentir plus confortable. Le revoilà qui me traite comme une subordonnée, tout juste bonne à surveiller ses vêtements. Normalement, je grognerais de me retrouver avec une tâche aussi nulle, mais ça marque un retour à ses anciennes façons et ça me convient tout à fait. Même pour un jeu, il semble encore prendre les choses au sérieux. Bientôt, ce sera notre tour de les relayer. Nous tentons d'observer discrètement Marco et Damien.

Tout à coup, Bertha vient me voir, la queue battante.

— Tiens, salut toi, lui dis-je en lui flattant la tête.

Bertha se met à renifler la veste de Vincent que je tiens encore dans mes mains.

— Que fait-elle ? demande Marilou.

— Elle doit sûrement chercher des friandises.

Bertha fait alors tomber des gâteries pour chien et une petite pièce métallique. Je me penche et la ramasse, pendant que Bertha se goinfre de bouchées à la viande. C'est la fameuse pièce que Vincent utilisait pour pister l'isotope du satellite. Bertha s'en approche et commence à la renifler. Elle doit sûrement espérer une autre récompense.

Après quelques secondes, Bertha se met à sentir le sol, peut-être à la recherche d'une piste. Je la vois alors prendre la porte menant directement au plancher du magasin, dans le secteur informatique. Voyons, pourquoi fait-elle ça ? Elle ne doit pas quitter l'entrepôt ! Marilou et moi la suivons immédiatement. Que fabrique-t-elle ?

C'est alors qu'elle se dirige tout droit vers Jérémie et s'assoit devant lui en agitant la queue de joie. Veut-elle encore se faire récompenser ?

Eh, mais… elle cherchait la trace de notre isotope coupable ! Et là, elle vient de s'asseoir devant Jérémie exactement comme elle l'a fait quand Vincent lui faisait chercher la cachette du Y-38C ! Pourquoi ? Mon Dieu et si notre homme était… Jérémie !?

CHAPITRE 11
Coup de grâce

— Que fais-tu là, toi? dit soudain Jérémie en apercevant le chien. Tu ne devrais pas être ici, retourne voir ton maître, voyons!

Sur ce, il chasse Bertha en agitant la main. Il nous regarde alors.

— Ariel, Marilou, ça va? Vous faites une drôle de tête.

— Heu... oui, oui. On retourne à la compétition. Salut.

Je glisse rapidement dans ma poche la petite pièce radioactive que je tiens encore dans ma main. Il ne faut pas que Jérémie la voie. Marilou et moi retournons au vestiaire.

— Tu crois que notre homme est Jérémie? chuchote alors Marilou. Je n'ai vu aucun signe de ça.

— Moi non plus. Mais attends, réfléchissons.

— Ça expliquerait peut-être pourquoi Jérémie protégeait autant Damien, dit Marilou. Et s'il s'était servi de lui tout le long?

J'avoue que, soudain, l'intérêt de Jérémie pour Damien prend un tout autre sens. Le fait qu'il soit si nerveux depuis les fêtes et ne lâche pas Damien d'une semelle pourrait enfin se comprendre. Et si ses supérieurs lui avaient donné une échéance, ça devait le stresser de ne pas arriver à ses fins. L'histoire de la fameuse compétition serait alors élucidée. Jérémie se serait servi de Marco pour trouver la manière de reprogrammer le satellite, à l'aide d'un jeu qui cache, en fait, la simulation parfaite des circuits du Y-38C.

Quant à Marco, il est génial avec la technologie, mais plutôt crédule et naïf, le pauvre. Jérémie aurait pu n'avoir aucun mal à le manipuler sans que Damien s'en rende compte. Il l'a même assisté pour monter le jeu! Il aurait pu lui fournir des photos ou des schémas des circuits en lui faisant croire que c'est seulement pour l'aider à rendre le tout plus réaliste.

Et sa manière de protéger Damien était peut-être une façon de le contrôler? Et cette fois où Damien est sorti de l'entrepôt et a rencontré Laurence?... L'expression de celui qui a été pris sur le fait est apparue sur son visage quand Jérémie est arrivé. Et si c'était à cause de Jérémie et de son contrôle sur Damien? Peut-être Jérémie empêche-t-il Damien de sortir et qu'il a brisé les règles cette fois-là?

— Tu pourrais bien avoir raison, Marilou. Bon sang, mais comment se fait-il qu'on soit passés à côté de ça?

— Il a bien caché son jeu, c'est tout. Jérémie est du genre discret. Comme un agent, quoi.

— Pourrait-il avoir la trace de l'isotope de notre « four à micro-ondes » sur lui par accident ? Après tout, il avait accès à la cachette où ce dernier se trouvait à cause du *skatepark*.

— Ce serait étonnant, dit Marilou. Le « four à micro-ondes » est dans une grande boîte verrouillée. Pour avoir des traces de l'isotope sur lui, il faudrait qu'il y ait un accès direct. Comment être sûr que c'est bien cela ?

Oui, comment ? Si Jérémie a bien accès au satellite, cela signifie qu'il a la clé de la caisse où il est conservé. Et si...

— Attends-moi ici, dis-je à Marilou.

Je retourne dans le magasin, vers Jérémie, en prenant mon air le plus naturel possible.

— Heu... Jérémie ? J'ai perdu ma clé pour ouvrir la caisse enregistreuse et faire un retour pour un client. Est-ce que je pourrais emprunter la tienne ?

— Bien sûr, tiens, dit-il en me tendant son trousseau.

— Super ! Je te rapporte ça tout à l'heure.

Je reviens aussitôt au vestiaire, vers Marilou.

— S'il a la clé pour accéder à la boîte, il y a de bonnes chances qu'elle se trouve dans son trousseau. Elle passerait inaperçue parmi la douzaine de clés qu'il possède.

— Allons tester ça tout de suite! déclare Marilou. Si on en a la preuve, on avertira monsieur Frost immédiatement!

Nous nous élançons illico – et le plus discrètement possible – vers la cache secrète. Nous grimpons jusqu'en haut et l'ouvrons en nous assurant qu'il n'y a personne autour. À la caisse suspecte, je teste les clés une par une sur le cadenas. Après cinq ou six, l'une d'entre elles fonctionne!

Nous ouvrons la boîte! Et là, enfin... le satellite Y-38C apparaît sous nos yeux! Il est plus petit que je le croyais. Je remarque même des fusées nouvellement installées dessus. Elles ne figuraient pas dans les photos que nous avons étudiées. Malade! Jérémie aurait installé ça? Cela signifie-t-il que l'engin doit être relancé dans l'espace sous peu?

De plus, je constate que le satellite est attaché à des batteries. Des séries de fils montent à travers le toit. Y aurait-il aussi installé des panneaux solaires? Cela suffit-il vraiment? À moins qu'il ne tienne qu'à conserver un niveau d'énergie minimal, le temps de l'envoyer dans l'espace, où il se rechargera à plein rendement et pourra utiliser ses rayons mortels. Donc, quelqu'un s'assure que les réserves d'énergie du Y-38C restent pleines. Comme si on pouvait s'en servir à tout moment.

— Je vais texter monsieur Frost tout de suite, dit Marilou.

Code vert.
Avons trouvé le…

— On arrête tout, mesdemoiselles, dit une voix dans notre dos. Sinon, je vous fais brûler la cervelle, mes jolies.

Un déclic suspect résonne. Nous nous retournons toutes les deux. Jérémie nous a suivies dans la cachette et se tient près de l'ouverture. Et le déclic, c'est celui du cran de sûreté du pistolet muni d'un silencieux qu'il a entre ses mains et avec lequel il nous tient en joue. Si on avait encore l'ombre d'un doute concernant notre coupable, il est pulvérisé. C'est bel et bien Jérémie Gosselin. Qui l'eût cru?

— Je trouvais bizarre que tu réclames la clé pour faire un retour, mais que tu te diriges vers l'entrepôt au lieu de la caisse enregistreuse, dit alors Jérémie. Normalement, on ne fait pas attendre un client pour ça.

Et moi qui pensais être retournée incognito à l'entrepôt. En attendant, essayons de gagner du temps et de réfléchir à la façon de nous sortir de ce mauvais pas.

— Alors, tu t'es bien servi de Damien pour reprogrammer le satellite, c'est ça? Et moi qui croyais que tu le protégeais.

Jérémie lève les yeux au plafond.

255

— Le protéger ? Tu veux rire ? Je peux vous dire que c'est bien parce que ça m'a été imposé. Ce gars-là est insupportable avec toutes ses manies. Mais il n'a pas son pareil pour décrypter des codes et faire de la programmation.

— Et pourtant, ça n'a pas été assez, vous avez dû organiser la compétition avec le jeu vidéo pour ça.

— Il ne reste qu'une ligne de code à percer et Damien n'en vient pas à bout. En tout cas, pas assez vite à notre goût. Avec notre bassin de petits *geeks* naïfs, tous dispos et motivés à gagner leur stupide compétition pour un trophée débile en toc, on devrait trouver.

— Vous allez faire quoi avec le satellite, au juste ? demande Marilou.

— Comme si j'allais vous le dire. Ce n'est pas à deux moustiques nuisibles dont je devrai me débarrasser que je vais conter tout cela.

— C'est bien toi qui as tué monsieur Ledoux, alors.

— Il avait découvert la cachette de la Confrérie, ce n'était qu'une question de temps avant qu'il voie le satellite. Il avait toujours le nez partout. J'ai dû l'éliminer. Et vous, les deux fouines, serez les prochaines. Je devrai probablement me charger de Kevin et de ce Vincent dont vous semblez étrangement proches.

Ouais… si Jérémie peut tuer froidement un type avec qui il travaillait depuis des années, il n'hésitera pas à nous faire subir le même sort. D'autant plus que nous sommes dans un endroit difficile d'accès où il serait ardu de nous retrouver et qu'avec le silencieux de son pistolet, personne n'entendrait quoi que ce soit. Il faut s'ingénier à sortir rapidement de ce mauvais pas.

Je jette un œil rapide à Marilou. Elle semble penser la même chose que moi.

Quelques secondes après, Marilou appuie discrètement sur le bouton Envoi de son téléphone. Même si son message est incomplet, ça devrait alerter monsieur Frost qui passera certainement à l'action.

— Hé! Qu'est-ce que tu viens de faire!? crie Jérémie en pointant Marilou avec son pistolet.

Aussitôt, je lance le trousseau de clés dans sa direction pour faire diversion et me lance sur lui. Mais au même instant, Jérémie tire sur Marilou!

Je réussis à attraper le bras de Jérémie et le frappe sur le visage; il fait tomber son arme qui glisse par la trappe. Au moins, on est débarrassés du pistolet qui lui donnait l'avantage. A-t-il blessé Marilou?

À peine le temps de me questionner que Jérémie m'attrape et réussit à me plaquer au sol, de tout son poids. Je lui donne un coup de genou dans le ventre de toutes mes forces. Il est momentanément désarçonné et étouffé. J'en profite pour me relever et j'attrape le brouilleur d'ondes, arrachant la prise électrique du même coup, et le lui lance, mais sans succès. J'ai voulu agir trop vite et j'ai manqué mon coup.

Je remarque alors un objet tombé de sa poche. Une sorte de télécommande d'assez grande taille. Se pourrait-il qu'il puisse téléguider le Y-38C avec ça?

Je jette un œil dans la direction de Marilou. Elle est consciente, mais elle se tient à quatre pattes et semble étourdie! Au moins, elle est vivante.

Soudain, je sens quelque chose s'enrouler autour de mon cou. Une seconde plus tard, on serre pour m'étrangler! Je tente de me défaire de la prise de Jérémie, qui est derrière moi. Quoi, il est en train de m'étrangler avec un de ses bas blancs!? Et dire que j'avais ri de cet accessoire hideux.

Au même instant, Marilou se jette sur le dos de Jérémie, le tire par les cheveux, et défait sa queue de cheval. Ses cheveux bruns retombent en longues mèches sur son visage. Marilou agrippe le collier de Jérémie et tente de l'étouffer à son tour. Décidément, ça doit être toute une scène à regarder.

Jérémie donne alors brusquement un coup vers l'arrière et me relâche. Du même coup, il projette Marilou contre une grosse caisse. Elle se cogne la tête et s'évanouit. Une pile de boîtes en carton tombe sur elle. Il l'a assommée!

Jérémie se lance sur moi et me pousse dans l'ouverture de la trappe! Je tente d'attraper le rebord, mais n'y parviens qu'avec quelques doigts. Mes pieds balancent dans le vide. Je sens que je vais lâcher. Mon Dieu, si je tombe, je risque de me blesser gravement, voire me tuer! Quelques secondes après, je ne peux plus me tenir sur le rebord, car il est trop mince. Je réussis néanmoins à agripper une étagère de l'entrepôt tout près, à laquelle je m'accroche de toutes mes forces.

Je lève brièvement les yeux pour regarder Jérémie. Il a récupéré sa fameuse télécommande et me jette un regard mauvais. Que va-t-il faire? Le satellite est toujours dans sa boîte, avec Marilou. Son arme est en bas, mais ça ne veut pas dire qu'il ne peut rien faire. Dans son autre main, il tient une des cordes qui sert à descendre les pièces du *skatepark*.

— Au revoir, Ariel. On se verra en enfer, ma chère. Je pense que tu auras droit à un beau feu d'artifice et que tu seras aux premières loges en plus.

Sans un mot de plus, il descend jusqu'en bas en glissant sur la corde avec autant d'habileté que Tarzan. Il atterrit là où se trouve son pistolet! Je dois me mettre en sécurité le plus vite possible. Dès qu'il met le pied au sol, Jérémie tente de me tirer dessus une autre fois, mais je réussis à me cacher derrière des piles de boîtes. Finalement, il se sauve en courant. Plutôt bizarre...

Je redescends aussi vite que je peux, mais Jérémie a déjà pris de l'avance. Que dois-je faire?

Marilou est blessée et peut-être en danger, mais je ne peux laisser Jérémie s'échapper, c'est trop dangereux. Il a parlé de feu d'artifice? Compte-t-il utiliser le satellite immédiatement? Va-t-il faire exploser le centre commercial? Si c'est le cas, plein de gens sont en grave danger! Je dois avertir les autres. Je prends mon téléphone et envoie un texto d'urgence à Vincent et à monsieur Frost.

Code noir.
Jérémie Gosselin en fuite. Marilou blessée.

Ce sera suffisant. Le code noir, c'est le code d'urgence suprême. Il y a danger de mort. Tout doit être abandonné pour s'occuper de l'urgence en question immédiatement. Les autres comprendront que c'est du coupable dont il s'agit. Et avec le signal GPS cellulaire de Marilou, ils trouveront rapidement. Vincent et Kevin arriveront-ils à temps pour m'aider? Je ne peux pas assumer que oui, alors je dois prendre les choses en mains.

En attendant, je dois rattraper Jérémie au plus vite! Il est déjà loin. Comment le rejoindre? Je sais! Avec mon *skate* pour les pratiques du vendredi soir, j'irai plus rapidement! Je cours à toute vitesse vers les vestiaires où je l'ai rangé ce matin et le ramasse, mais je ne sais toujours pas dans quelle direction Jérémie est parti. Comment faire?

Bien sûr, je sais! Ma nouvelle «meilleure amie» du moment pourra m'aider! Celle qui peut retracer Jérémie à coup sûr. Je siffle bruyamment comme j'ai déjà vu Vincent le faire, il y a quelques semaines. Est-ce que ça va marcher? Moins d'une minute plus tard, Bertha arrive en galopant. *Yes!* Ça a fonctionné.

Je ne sais pas si les autres, dont Damien, se sont interrogés en voyant cette dernière quitter son poste, mais peu importe. La situation est grave.

Je passe devant la cuisine où a lieu la compétition. Vincent et Kevin ont quitté leur poste. Pourtant, je ne les vois nulle part. Où sont-ils passés, bon sang? Je prends la petite pièce électronique radioactive que j'avais mise dans ma poche et la mets sous la truffe de Bertha pour qu'elle la renifle.

— Cherche, Bertha! Cherche!

Aussitôt, la chienne part comme une flèche! Brave Bertha. Vincent l'a drôlement bien entraînée, en tout cas. Je monte sur mon *skate* et suis la bête qui vient de sortir de La Source du futur et court dans les allées du centre commercial. Les autres employés se demandent peut-être ce que je fabrique, mais pas le temps de leur expliquer!

Les magasins fermeront dans une quinzaine de minutes, les gens ont commencé à partir, mais il reste encore beaucoup de clients. Mon Dieu, et si Jérémie faisait tout sauter ? Peut-être que s'il ne peut accomplir sa mission première, il a l'ordre d'effacer toutes traces derrière lui ? Ça ferait un nombre incroyable de victimes, dont des enfants !

Bertha cavale dans les couloirs, passant entre les gens étonnés. Je reste derrière elle en slalomant entre les obstacles et les clients qui font le saut en me voyant.

— Eh, Ariel ! crie une voix tout près.

C'est Laurence qui, sortie de son salon de coiffure, vient de me voir passer.

— Pas le temps, plus tard !

Je me retourne de nouveau vers mon objectif pour m'apercevoir que je me dirige tout droit vers une fontaine ! Arg ! Je me donne un élan, fais un saut, donne une impulsion avec mon pied arrière, écarte les jambes et fais vriller la planche à 360 ° dans les airs, ce qui me donne l'élan suffisant pour sauter par-dessus la fontaine ! Des gouttes d'eau effleurent mes pieds pendant que je bondis au-dessus de ma planche et de la fontaine en même temps. Je plaque de nouveau ma planche au sol, juste après être passée au-dessus de l'eau ! Ouf... c'est passé à un cheveu.

Enfin Jérémie s'approche de la sortie ! Vite, il faut mettre la main dessus !

J'accélère pendant que Bertha se met à aboyer. Jérémie se retourne et me voit approcher de lui, précédée de Bertha. Il me jette alors un regard mauvais. Il me fait face et dégaine son arme d'une main et sa télécommande de l'autre. Il va tout faire exploser!? Même au risque de sa propre vie? Ce gars-là est malade!

Mais aussitôt, il repart en courant. Je me hâte. Il s'approche des portes, mais n'est pas encore rendu. Peut-être attend-il d'être à l'extérieur pour passer à l'action? J'évalue rapidement le terrain et les obstacles. Des personnes, des bancs, des poubelles, des plantes vertes. Je pense que je sais ce que je vais faire.

Je donne un coup sur mon *skate*, saute dans les airs, atterris sur un banc et laisse ma planche glisser sur l'arête du banc. Il faut croire que mes pratiques avec la Confrérie s'avèrent utiles, car je maîtrise mieux cette technique qu'avant. Je donne une dernière impulsion sur mon *skate* et bondis tout droit sur Jérémie! Il tombe sur le sol et je parviens à lui arracher son pistolet! Nous nous relevons tous les deux et nous nous affrontons du regard.

Bertha grogne à mes côtés.

— Ça suffit, rends-toi! lui dis-je.

— Plutôt crever!

Au même moment, sans se soucier du fait que je le pointe avec son arme, il appuie sur un bouton de sa télécommande. Aussitôt, j'entends une déflagration qui semble provenir de La Source du futur. Non, pas vrai! Il est complètement cinglé! Il y a des gens là-bas! Et Marilou qui se trouve juste à côté du satellite.

— Adieu, Ariel, dit Jérémie.

Tant pis, je tire sur lui. Plus de balles! Et merde, il m'a eue! Je vois avec horreur son doigt s'approcher d'un autre bouton comme dans un film au ralenti. Je ne sais pas à quoi sert ce bouton, mais je préférerais rester dans l'ignorance.

Au même instant, un objet atteint la télécommande, l'arrêtant net dans son mouvement! Jérémie se met à hurler. Avant même que j'aie le temps de réagir, je constate qu'il s'agit d'un couteau qui a été lancé d'on ne sait où et a transpercé la main de Jérémie et la télécommande, dorénavant hors d'usage.

Je me retourne vers la provenance du poignard et reconnais nul autre que monsieur Stewart, notre professeur d'armement, en habit de gardien de sécurité. C'est sûrement lui qui a lancé ce couteau. Quoi?! Il était là? Depuis combien de temps participe-t-il à cette mission sans que je le sache? Le SCRS me surprendra toujours.

— Vous viendrez avec moi, jeune homme, dit monsieur Stewart en attrapant Jérémie, qui gémit et se tortille de douleur, la lame encore plantée dans la main et la télécommande. Très bien joué, mademoiselle, me dit-il. Nous n'oublierons pas votre contribution pour arrêter ce criminel.

En tout cas, on peut dire que la cavalerie arrive juste à temps. Il était vraiment moins une.

— Ariel!

Je me retourne. Laurence arrive en courant. Je me dépêche de camoufler le pistolet dans ma poche.

— Que se passe-t-il ici, dis donc?! Pourquoi tu courais après ce gars-là?

Bon sang, j'espère qu'elle n'a pas tout vu. Elle risquerait de trouver assez bizarre le fait de me voir sauter sur un type et tenter de lui tirer dessus avec un fusil, disons.

— Heu... j'aidais l'agent de sécurité du centre commercial à attraper un voleur.

Laurence regarde Jérémie, perplexe. Elle a une expression d'horreur en voyant sa main ensanglantée.

— Mais, ce n'est pas un employé de votre magasin, ça?

— Oui, hem... on s'est aperçus qu'il volait de la marchandise depuis des années et on l'a pris sur le fait alors qu'il tentait de se sauver.

Laurence me regarde et regarde monsieur Stewart, plus étonnée que jamais.

— Wow… vous prenez le vol à l'étalage drôlement au sérieux, vous, dit-elle.

— C'est que monsieur Gosselin a dérobé pour des milliers de dollars à son propre employeur, répond monsieur Stewart sur un ton très sérieux. L'ampleur de ses nombreux vols est très importante.

— Oh… je vois, répond Laurence. Dans ce cas, tant mieux.

Oui, tant mieux, c'est le cas de le dire. Laurence n'a pas idée à quel point je suis soulagée. Quant à monsieur Stewart, il est d'un calme olympien. Moi, je suis en nage, essoufflée et encore sous l'effet de l'adrénaline. L'apparente quiétude de nos enseignants dans des situations explosives – littéralement! – me sidère encore. Comment font-ils pour se maîtriser aussi bien alors que nous avons peut-être frôlé la mort?

— Et maintenant, qu'est-ce c'était que cette explosion qu'on a entendue? demande-t-elle.

— Ne vous souciez de rien, mademoiselle, nous nous en occupons, dit monsieur Stewart. Maintenant, si vous le permettez, je vais emmener monsieur au poste et j'ai besoin que cette jeune femme témoigne, ajoute-t-il en me désignant. Vous pourrez la revoir plus tard. Passez une bonne soirée.

— Vous aussi. Bien, à plus tard, Ariel.

— Oui, à plus tard.

Je suis alors monsieur Stewart avec soulagement vers le poste des agents de la sécurité. Ouf… nous l'avons échappé belle.

***

Jérémie est sous les verrous – après avoir été soigné, bien sûr. Vincent et Kevin ont retrouvé Marilou rapidement et l'ont fait transporter à l'hôpital où on a pris soin d'elle. Par chance, sa blessure a seulement atteint le pied et n'est pas trop grave.

Nous avons frôlé la catastrophe d'encore plus près que je le croyais. L'explosion a été causée lorsque Jérémie a activé le satellite et pulvérisé le plafond avec les lasers du satellite lui-même. Une partie du mur de l'entrepôt s'est même écroulée sous le choc. Par un heureux hasard, la pile de boîtes tombée sur Marilou l'a en bonne partie protégée des débris de toit qui sont retombés.

Pire encore, Jérémie s'apprêtait à activer la mise à feu des fusées qu'il avait installées sur le satellite pour le relancer en orbite où il aurait peut-être pu accomplir sa funeste mission, même s'il ne manquait qu'une ligne de code à crypter. S'il avait réussi, Marilou n'aurait pas survécu à la chaleur dégagée par les fusées et aurait cuit sur place. Monsieur Stewart est vraiment intervenu au bon moment.

En attendant, les agents nettoyeurs et le service des relations publiques du SCRS ont du pain sur la planche. Ils ont récupéré le Y-38C rapidement, ont effacé toutes les traces suspectes liées au satellite et l'ont redonné à la NASA avant qu'il ne soit découvert par des civils. Comme ce fut déjà le cas avant, une rupture dans une conduite de gaz a servi de prétexte à l'explosion mystérieuse ayant eu lieu au magasin. C'est vraiment une excuse passe-partout, ce truc.

Mieux que ça, ils ont prétendu que cette fuite était en fait un sabotage causé par un employé frustré, pris par le magasin pour vol et qui avait tenté de se venger. Le prétexte parfait.

La mission est terminée, enfin. On peut respirer.

Le magasin La Source du futur est fermé jusqu'à nouvel ordre pour une remise en état, ce qui prendra un certain temps. La plupart des employés seront sans doute transférés dans d'autres succursales ou chercheront carrément un emploi ailleurs. Monsieur Beauchemin en profitera pour donner sa démission en tant que gérant et reprendre son véritable poste au SCRS.

Je plains le pauvre Damien qui perd maintenant tous ses repères. Il est là depuis des années, comment va-t-il s'adapter à un autre environnement? Lui qui a besoin d'une routine parfaite pour se sentir bien. Sera-t-il encore victime d'un autre Charles-Émile sans personne pour le défendre?

À moins que je ne trouve un moyen d'utiliser ce génie de la programmation à bon escient? J'ai peut-être une idée. Je devrai m'occuper de cela bientôt.

CHAPITRE 12
La vérité

Nous sommes en février, de retour au collège et au quotidien des cours depuis environ une semaine. En attendant, j'ai eu le temps de penser de nouveau à Vincent, à son comportement et à son histoire mystérieuse. Je suis sûre que quelque chose cloche dans ses affaires et là, je suis bien déterminée à savoir de quoi il s'agit. Je pense encore à la conversation que j'ai surprise entre mes parents, il y a environ un mois. Cette affaire de drame dont ils se parlaient, et le fait qu'ils semblaient connaître les parents de Vincent. Il y a quelque chose de pas clair là-dedans. Ce que je prévois faire n'est peut-être pas tout à fait éthique, mais je m'en balance. Je veux savoir.

Le couvre-feu est tombé depuis une bonne heure déjà. J'ai fait semblant de me coucher tôt pendant que Marilou prenait son bain – le pied enveloppé dans un sac plastique pour protéger son bandage –, pour me glisser sous les couvertures tout habillée, sans qu'elle s'en rende compte ni suspecte quoi que ce soit.

Lorsque, à la respiration de Marilou, je constate qu'elle dort enfin, je m'extirpe silencieusement de mon lit. Je sors dans les couloirs des résidences et me rends dans l'un des tunnels secrets qui permettent de se promener incognito dans le collège. Après avoir tourné plusieurs fois aux endroits que je connais maintenant par cœur – les couloirs secrets ne contiennent aucune indication, afin de confondre les intrus éventuels –, j'aboutis à la sortie tout près du bureau de monsieur Frost.

Grâce aux techniques de crochetage de serrure que monsieur Lacroix nous a enseignées, je parviens à déverrouiller la porte du bureau. J'entre. Je me dirige vers l'ordinateur où je dénicherai les dossiers des élèves depuis les quinze dernières années.

Je fouillerai pour mettre la main sur celui de Vincent. Voilà… Je m'installe au bureau de monsieur Frost et ouvre l'ordinateur. Mes mains tremblent, je dois respirer un grand coup pour me calmer. J'insère le CD avec le logiciel me permettant de trouver le mot de passe de l'appareil. Après quelques minutes, j'ai accès à tous les dossiers de monsieur Frost. Je finis par y trouver celui de Vincent et commence à le parcourir.

Je vois que Vincent est bel et bien arrivé à l'école à l'âge de dix ans. Six ans plus tôt que la normale. Pourquoi donc ? Je savais qu'il était doué, mais pas à ce point-là. Il y a sûrement autre chose.

Je continue de parcourir les archives à toute vitesse. Des bulletins, des notes, bref des trucs pas super intéressants. Je tombe alors sur des fichiers où l'on parle de ses parents. Enfin !

Père : Larochelle, Pierre
Travail : officier traitant et contrôleur de sources pour le SCRS

Ça, alors ! Donc, le père de Vincent est agent pour le SCRS. Et il est chargé de recruter et de former des espions. C'est pour ça que mes parents le connaissent ? Auraient-ils travaillé ensemble ? Je poursuis ma lecture.

Statut : décédé le 9 juin 2002

Bon sang, son père est mort il y a onze ans. A-t-il été tué lors d'une mission ? Était-ce ça, le drame dont mes parents parlaient ? Ça pourrait peut-être commencer à expliquer des trucs. Qu'y a-t-il d'autre ? Je consulte les renseignements sur sa mère.

Mère : Chatalina, Ekatherina
Alias connu : Catherine Chatterley
Travail : artiste peintre et marchande d'art
Statut : portée disparue le 26 juin 2002

Alors là, ces renseignements sur la mère de Vincent sont plutôt curieux. Elle avait un alias ? Elle n'était pourtant pas agente. Était-ce un nom d'artiste ? Et elle a disparu à peine deux semaines après le décès du père de Vincent. Quelqu'un aurait éliminé les parents de Vincent ? Il serait donc devenu orphelin à l'âge de dix ans. Quelle horreur ! Le pauvre, ça a dû être terrible. Est-ce pour ça qu'il réside au collège depuis tout ce temps ?

Je regarde les autres fichiers numérisés à partir de papiers officiels, mais je m'aperçois que tout a été biffé. Ça, alors ! On a camouflé d'autres renseignements dans son dossier. Pourquoi donc ?

La lumière du bureau s'allume soudainement ; Monsieur Marsolais vient d'entrer. Comment a-t-il su que j'étais là, je l'ignore, mais je sais que lui poser la question est inutile. C'est moi qui suis dans le tort. Aïe, cette fois, je n'ai pas d'excuse pour me sortir de ce pétrin.

— Ariel Laforce, que fais-tu là ? demande-t-il.

Je l'ai rarement vu avec un regard aussi dur, et sa voix n'a jamais eu un ton aussi tranchant. Lui qui est la gentillesse incarnée. Sans me laisser le temps de répondre, il s'approche de moi, fait tourner l'écran de l'ordinateur pour y jeter un œil. Quand il voit ce que je suis en train de regarder, ses yeux s'écarquillent et il fronce les sourcils.

— Pourquoi regardes-tu le dossier de Vincent Larochelle ? me demande-t-il.

J'ai beau penser à vitesse grand V, aucune bonne excuse pour valider ce que je suis en train de faire ne me vient à l'esprit. Et je suis sérieusement dans la merde en ce moment, ce que je fais est vraiment mal. Pas besoin d'un dessin pour savoir qu'à moins d'un argument vraiment béton, rien ne justifie mon geste.

Monsieur Marsolais est un espion entraîné. Si je lui mens, il va le remarquer. Je ne vois malheureusement aucune autre solution que celle de dire toute la vérité, même si ça me déplaît souverainement.

— Je… je voulais en savoir plus sur Vincent.

— Ça, je m'en doutais bien. Pourquoi, Ariel ? Qu'est-ce qui t'importait tant que ça pour agir ainsi ? Te rends-tu compte de ce que tu es en train de faire ? Fouiller illégalement dans le dossier secret d'un agent du SCRS, qui est aussi un enseignant et un ancien élève, c'est grave. Tu es une excellente élève, pourtant, et tu as plus de jugement que ça.

Je soupire. Je ne voulais tellement pas causer de tort à quiconque.

— Écoutez, si je vous dis tout, pouvez-vous me promettre de n'en parler à personne ? S'il vous plaît.

Monsieur Marsolais me regarde, perplexe. Son regard s'adoucit un peu. Il n'est pas fou, il voit bien que quelque chose cloche. Il tire alors une chaise qui se trouve de l'autre côté du bureau, s'approche de moi, s'assoit et s'accoude sur le bureau pour me regarder, face à face.

— Tu me jures qu'il ne t'a pas fait de mal, Ariel?

— Je vous le jure.

— Alors, c'est promis. Si tu me jures qu'il n'y a rien d'inapproprié ou d'illégal, ça va. Je ne répéterai pas ce que tu vas me dire. Vas-y, je t'écoute.

— Bien, lors de notre mission sur le plateau de tournage, au moment où Vincent a été blessé par Alyssa, il s'est passé quelque chose.

Je fais une pause, cherche mes mots. Pas facile d'avouer ça, finalement.

— Continue, Ariel.

— Alors qu'il perdait du sang, Vincent a commencé à délirer et il... hem... il m'a avoué qu'il m'aimait et il me demandait pardon.

Monsieur Marsolais écarquille les yeux et lève alors un sourcil, visiblement stupéfait.

— Quoi? Vincent a dit qu'il t'aimait? On parle bien de Vincent Larochelle? *Notre* Vincent Larochelle?

— Oui, monsieur.

Monsieur Marsolais recule sur sa chaise, la bouche grande ouverte, et croise les bras sur sa poitrine.

— Eh bien, ça alors! Vincent est tombé amoureux de toi? Je n'en reviens tout simplement pas. Décidément, j'aurai tout entendu, dit-il en rigolant.

— Vous n'allez rien dire, hein ? Je ne veux pas que ça se sache !

— Écoute, je vais y réfléchir. Je t'avoue que c'est très délicat, ce que tu me dis là. Je n'aime pas tellement ça, tu sais. Mais dis-moi, c'est vraiment tout ? Il ne s'est rien passé d'autre ? Pourquoi veux-tu fouiller dans son dossier, alors ? Et pourquoi ça t'angoisse à ce point, tout ça ?

— Bien, un enseignant qui tombe amoureux d'une élève, ça pourrait inciter au conflit d'intérêts, non ? Et si ça se savait, il y en a qui poseraient des questions. À savoir si j'ai obtenu des traitements de faveur, par exemple. Ou s'il avait eu un comportement inapproprié à mon égard.

— Est-ce le cas ? A-t-il été toujours correct avec toi ?

— Oui, monsieur. À part qu'il me traitait toujours assez durement, probablement pour éviter que l'on découvre ses sentiments pour moi, je suppose.

— Hum... c'est bien vrai que Vincent était très sévère avec toi. Bien sûr, il l'est avec tout le monde et, comme tu es une élève très douée, mais un peu imprévisible et instable à ses yeux, j'ai toujours cru que c'était la cause de son comportement. Je n'aurais jamais deviné la véritable raison qui se cachait derrière cela. Maintenant que tu m'as fait cet aveu, je commence à comprendre sa façon d'agir. C'est typique de Vincent. Il a dû tout faire pour préserver les apparences. Ensuite, il y a eu autre chose ?

— Bien, il a d'abord prétendu avoir oublié. Cependant, quand il a vu que j'étais constamment mal à l'aise en sa présence, il m'a avoué s'en souvenir et a voulu démissionner. C'est moi qui l'en ai dissuadé. À part qu'il m'a avoué ses sentiments lors de ce délire, il n'a jamais rien fait de mal envers moi.

— Oui, mais c'est aussi ton enseignant. Et c'est vrai que les émotions ne doivent pas interférer avec votre travail.

— Mes parents sont agents du SCRS et, pourtant, cela ne les empêche pas d'être un couple. Ils ne refoulent pas leurs sentiments, eux. Ce n'est donc pas impossible, non ? Moi, j'ai fini par passer par-dessus la gêne que ça me causait, et je pense être capable de travailler dans ces conditions. Je ne vais quand même pas l'éviter toute ma vie !

— Bien sûr que c'est possible. Mais c'est bien encadré. Ce n'est pas pour rien que tes parents ne sont pas dans le même département, tu sais. S'ils devaient travailler ensemble, leurs sentiments mutuels pourraient interférer avec leurs prises de décision. Nous cherchons donc à contrôler ce genre de... problèmes, si tu veux. Pas de là à exiger l'abstinence de nos agents, par contre. Ce sont des humains, après tout, pas des machines.

— D'accord, mais Vincent semble presque terrifié à l'idée d'avoir des émotions. Comme si c'était une faiblesse. Il a même dit qu'il avait déjà failli à une mission à cause de cela.

Monsieur Marsolais penche la tête et réfléchit en se frottant le menton, comme s'il cherchait dans les méandres de sa mémoire.

— Mouais, je pense que je comprends de quoi il est question ici, dit-il.

— Vous et madame Duval avez déjà parlé d'une bévue que Vincent a commise et qui lui fait honte. Est-ce ça ?

— C'était en novembre, alors que tu étais en première année. Vincent était en mission avec un autre agent dans le port de Naples, en Italie. Or, l'autre agent a été attaqué alors qu'ils étaient dans un marché public où ils suivaient des trafiquants d'armes. Il s'en est sorti, mais il a vraiment frôlé la mort. Lorsque Vincent a fait son rapport au SCRS, il a mentionné qu'il avait laissé son partenaire quelques minutes, ce qui est contraire aux règlements.

— Pourquoi avait-il fait cela ?

— Apparemment, il était parti s'acheter une petite peinture ancienne, tout simplement. Le genre de choses que Vincent ne fait jamais quand il est en mission. C'était inhabituel.

— Elle représentait quoi, cette peinture ?

— Une naïade aux cheveux roux. D'ailleurs, maintenant que j'y pense, elle te ressemblait drôlement.

Une nymphe d'eau? On n'est pas loin de la sirène. Étrange, quand même. C'est Guillaume qui m'appelait la petite sirène, à cause du dessin animé. Vincent l'aurait sûrement entendu et cela lui aurait fait penser à moi?

Oh... non seulement Vincent a dû se sentir très coupable d'avoir mis son partenaire en danger en ne suivant pas les procédures, mais, en plus, il l'a fait pour des motifs personnels. Cette peinture lui faisait-elle vraiment penser à moi? Pas étonnant qu'il soit maintenant si rigide sur les protocoles à suivre et sur tout le reste.

— Il a dû se rentrer dans la tête que les sentiments qu'il avait pour toi ont altéré son jugement et que cela a mis son partenaire en péril, dit monsieur Marsolais. Ce qui est impardonnable à ses yeux de perfectionniste incorruptible.

— C'est terrible, quand même, de se culpabiliser ainsi.

— Ça fait longtemps que Vincent a un problème avec les émotions.

— Vous voulez dire à cause de la mort de ses parents? Ils ont été éliminés à cause du travail de monsieur Larochelle, c'est ça?

— Hum… c'est un peu plus complexe que ça, Ariel.

Monsieur Marsolais a les bras posés sur le bureau et la tête baissée. Il semble hésiter.

— Écoute, je vais te raconter ce qui a été camouflé dans son dossier, car tu as eu l'honnêteté de tout me dire. Mais ce que je vais te confier est hautement confidentiel.

— Compris, pas un mot à personne.

— Pierre Larochelle était bel et bien un agent du SCRS, qui recrutait et formait des espions. Il était aussi engagé dans les activités du collège et un grand ami de monsieur Frost. C'était un homme très compétent et apprécié. Sa famille était également proche de nous. Presque tout le monde connaissait sa femme et son petit garçon.

— Et que s'est-il passé?

— Malheureusement, Catherine Chatterley, la femme de monsieur Larochelle, était une espionne russe. Elle l'a épousé et a eu un enfant de lui dans le seul but de subtiliser les renseignements secrets auxquels il avait accès en tant que haut gradé du SCRS.

— La mère de Vincent était une traîtresse?

— Oui, elle se faisait passer pour une artiste peintre et une marchande d'art. En fait, elle utilisait les œuvres qu'elle prétextait vendre à l'étranger pour transmettre secrètement des renseignements à ses patrons. Son stratagème a duré des années.

— Qui étaient ses patrons ?

— Nous l'ignorons encore. Le KGB, sans doute, mais nous avons toujours soupçonné qu'elle œuvrait aussi pour un autre groupe, plus obscur.

— Et que s'est-il passé, finalement ?

— Le SCRS suspectait depuis longtemps la présence d'une taupe dans ses rangs. Après une longue enquête, les agents ont fini par pincer madame Chatterley. Et puisque monsieur Larochelle, par amour pour elle et par confiance, n'avait peut-être pas été aussi prudent qu'il aurait dû l'être avec les renseignements sensibles qu'il détenait, le SCRS l'a mis en état d'arrestation. Ensuite, ils ont arrêté madame Chatterley – Ekatherina Chatalina de son vrai nom – et se sont préparés à l'expulser dans son pays, car c'était légalement la seule chose qu'ils pouvaient faire.

— Et Vincent n'avait que 10 ans à l'époque ?

— Oui. Les Larochelle n'avaient aucune autre famille proche. C'est sans doute aussi pour cela que Pierre avait été ciblé. Plus facile à manipuler parce que sans famille, et par conséquent isolé.

— Ensuite ?

— Quelques jours plus tard, monsieur Larochelle a été retrouvé pendu dans sa cellule. L'enquête a démontré qu'il aurait été assassiné et qu'on a tenté de camoufler cela en suicide.

Quel enfer Vincent a dû vivre si jeune. Comment aurais-je réagi si j'avais su que l'un de mes parents avait trahi l'autre et que ce dernier avait trouvé la mort? Je crois que j'aurais été démolie et révoltée.

— Mais qui l'aurait tué?

— Un complice, certainement. Des gens ne voulaient pas qu'il parle, c'est sûr. Cela est toujours demeuré un mystère. À ce moment-là, monsieur Frost a réussi à faire sortir Vincent des services sociaux où il avait été envoyé et, avec madame Frost, a même obtenu sa garde légale. Il avait des contacts haut placés, alors ça ne lui a pris que quelques jours. Il l'a fait par loyauté envers son ami Pierre, mais aussi pour protéger Vincent. Les autres enseignants en poste et moi-même, à ce moment-là, l'avons élevé et en avons pris soin comme s'il avait été notre enfant, ou presque.

Voilà qui explique pourquoi les gens du collège protègent Vincent aussi farouchement. Je comprends pourquoi monsieur Marsolais s'inquiète toujours de son sort. J'aurais fait la même chose. Et ça explique aussi pourquoi il n'a pas d'autre résidence que le collège. Alors, c'était ça, le drame, dont mes parents parlaient? Tout s'éclaire, maintenant. Je n'aurais jamais soupçonné une telle histoire.

— Et sa mère ? Que lui est-il arrivé ?

— Elle a été renvoyée en Russie. Mais avant qu'elle ne prenne l'avion, Vincent, qui était déjà pas mal débrouillard, a réussi à apprendre quel vol elle allait prendre et à la rejoindre. Je présume qu'il voulait la voir une dernière fois et lui parler.

— Et alors ?

— Alors quand elle l'a vu, elle lui a dit qu'elle ne l'aimait pas, qu'elle ne l'avait jamais aimé, qu'elle l'avait eu uniquement pour créer des liens avec Pierre Larochelle et gagner sa confiance. Que de toute façon, il serait mieux sans elle et qu'il devait l'oublier.

Je n'en reviens tout simplement pas. Comment cette femme a-t-elle pu faire cela ? Et comment Vincent pourrait-il faire confiance à qui que ce soit après avoir vécu de tels événements, après avoir reçu en pleine figure la haine de celle qui l'a porté, l'a élevé et aurait dû l'aimer plus que tout ? Il doit avoir le cœur brisé à jamais.

Comment ne pas devenir un être froid, qui fuit les émotions, après tout cela ? Comment vouloir montrer à quiconque qu'on est vulnérable ?

Pauvre Vincent, comme il a dû souffrir d'être abandonné ainsi. Je me sens si triste pour lui. Pas étonnant qu'il tente de cacher sa vraie nature et de toujours se montrer au-dessus de tout.

— C'est vraiment horrible de lui avoir fait cela. Quelle femme monstrueuse.

— Tu comprends, maintenant, pourquoi Vincent redoute tant de se laisser aller aux émotions ? Dans son esprit, son père, qu'il admirait pourtant beaucoup, s'est laissé berner et manipuler à cause des sentiments qu'il vouait à sa femme. Sentiments qui l'ont mené à sa perte et ont détruit sa famille. Et lui-même a beaucoup souffert à la fois de la mort de son père et du rejet de sa mère. Vincent s'est donc forgé une carapace d'acier trempé, et s'est juré que ce genre de choses ne lui arriverait plus jamais. Pour le moment, on peut dire qu'il a tenu parole. Il fait tout en son possible pour agir comme s'il était un robot. Mais je suis persuadé qu'au fond, il est resté une personne sensible qui désire seulement se protéger.

Cela explique aussi l'intolérance de Vincent devant l'échec, la faiblesse. Cela doit lui rappeler son père et lui être insupportable.

— Vous n'avez pas répondu à ma question sur sa mère.

— Peu de temps après son retour en Russie, elle a disparu. Volatilisée.

— En une quinzaine de jours ? Comment est-ce possible ?

— Probablement éliminée elle aussi.

— Pourquoi et par qui ?

— Tu sais, Ariel, les autres organisations possèdent elles aussi leurs agents nettoyeurs. Et parfois, quand des espions sont « brûlés », comme on dit dans le métier, que leur couverture est découverte, ils sont souvent recyclés ailleurs. Or, dans certains groupes non officiels, ils sont tout simplement éliminés après qu'on a obtenu d'eux tous les renseignements nécessaires. C'est ce que nous soupçonnons dans le cas de la mère de Vincent, car elle a totalement disparu des écrans radars. On ne l'a jamais retrouvée.

Un frisson me parcourt le dos. Même si je n'avais pas de sympathie pour elle, je trouve cela épouvantable. Vincent ne pourra donc jamais revoir sa mère et régler ses comptes avec elle, après qu'elle a eu des mots aussi durs avec lui.

Je ne me surprends plus qu'il soit devenu tel qu'il est aujourd'hui. Avoir vécu de telles épreuves à 10 ans seulement. Des larmes commencent à déborder de mes paupières. Je me sens si concernée par son histoire, maintenant. Peut-on avoir un regard serein sur la vie après cela ? J'aimerais aller le voir et lui dire que le monde n'est pas entièrement mauvais, qu'on y trouve de la beauté aussi et qu'on peut faire confiance aux gens.

Mais je dois pourtant faire comme si je ne savais rien de son passé. Me voilà investie d'un nouveau secret à son sujet. Et dire que je croyais en avoir trop lourd à porter.

— La plupart des choses que je viens de te raconter, Ariel, ne sont connues que de peu de gens, poursuit monsieur Marsolais. Bien des gens au SCRS ne savent qu'une partie de l'histoire, sans en connaître les détails. Alors, tu ne dois absolument rien dire, tu comprends?

— Oui, je comprends. Pourquoi m'avoir dit tout ça?

— Parce que pour une raison connue de lui seul, Vincent s'est attaché à toi, dit monsieur Marsolais en souriant. Il semblerait que tu sois l'une des rares personnes ayant réussi à percer sa carapace et, pour être honnête, j'en suis heureux. Même si j'aurais préféré qu'il ait des sentiments envers quelqu'un d'autre qu'une élève, mineure en plus. Néanmoins, cela signifie qu'il y a de l'espoir pour lui et qu'un jour, peut-être qu'il arrivera à avoir une vie normale, et des relations. Je le lui souhaite, en tout cas.

Il a raison. Je comprends ses motifs maintenant. Même si je ne trouve pas la situation évidente du tout.

— Dites, vous saviez que Vincent jouait de la guitare et avait des orchidées dans sa chambre? dis-je.

— Non, je l'ignorais. Il ne laisse personne entrer dans sa chambre. Néanmoins, ce que tu dis ne me surprend pas.

— Ah bon?

— Son père jouait de la guitare et cultivait des orchidées, c'était sa passion. Je suppose qu'en quelque sorte, Vincent honore le souvenir de son père en s'adonnant aux mêmes passe-temps.

— Vous disiez que Vincent en voulait à son père de s'être laissé manipuler.

— Oui, mais même imparfait, ça demeurait son père et il l'aimait.

— Évidemment, je comprends.

De toute évidence, Vincent a un côté sensible bien plus grand que je ne le croyais. Je ne le percevrai plus jamais comme avant, c'est sûr. Mon regard sur lui est changé à jamais. Il ne me restera qu'à faire semblant de rien, maintenant.

— Alors, nous sommes d'accord? dis-je à monsieur Marsolais. Tout ce qui vient de se dire reste entre nous.

— Écoute-moi. Ayons une entente. Je trouve la situation inadmissible et je comprends très bien pourquoi Vincent a voulu démissionner. Mais tu as décidé que tu te sentais assez à l'aise pour travailler avec lui quand même. Je veux que tu me promettes de m'avertir si quoi que ce soit qui te rend mal à l'aise survient. Et je te garantis que je vais garder un œil très attentif sur toi et sur Vincent. Au moindre problème, je n'hésiterai pas à sévir et à m'occuper de lui. De plus, si un jour, tu n'étais plus à l'aise avec cette situation, préviens-moi et je ferai le nécessaire. Maintenant, je vais te raccompagner à ta chambre. Et essaie de ne pas te laisser influencer par tout cela, même si c'est difficile.

— D'accord. Merci pour tout, j'apprécie votre confiance.

Revenue dans ma chambre, je me glisse sous les couvertures sans même me changer. Je suis bouleversée par tout ce que j'ai appris.

Tout ce que je sais de Vincent est limpide, à présent. Tout son comportement, à la lumière de ce récit, est absolument logique.

Comment suis-je censée faire semblant de rien, maintenant?

ÉPILOGUE

Trois jours plus tard, je suis attablée avec Marilou à la cafétéria. Toujours aussi assidue, Marilou révise des formules chimiques pour fabriquer des explosifs. Guillaume, Béatrice et quelques autres élèves se tiennent loin et continuent de nous jeter des regards mauvais. Je soupire. Je sens qu'on n'en aura pas fini avec ceux-là.

Je songe soudain que la Saint-Valentin approche et, curieusement, c'est peut-être la première fois depuis longtemps que le fait de ne pas avoir de cavalier pour cette occasion me laisse tout à fait de glace.

Vincent lit un manuel sur les mitrailleuses, sûrement en mangeant ses céréales habituelles – il ne change jamais de sorte, il est prévisible comme une horloge – à une autre table, pas très loin.

Je n'arrive pas à détourner mon regard de lui. Je n'arrête pas de penser à tout ce que monsieur Marsolais m'a raconté. Que derrière ce gars à l'apparence glaciale et bête se cache un homme empathique, sensible et peut-être même vulnérable, qui a terriblement souffert.

Je ne peux m'empêcher de sourire en observant tous les efforts qu'il déploie pour s'occuper constamment avec le travail, garder tout le monde à distance et avoir l'air arrogant, certain que personne ne se doute de rien. En tout cas, il porte ce masque de froideur et d'inhumanité à la perfection, car il a berné beaucoup de personnes, moi y compris.

Comme nous tous et en particulier les espions, il a appris à cacher sa fragilité et à se protéger du reste du monde. Se ment-il également à lui-même, persuadé de ne plus jamais être à la merci de qui que ce soit? Peut-on cacher sa véritable nature toute une vie?

Peut-être n'aurai-je jamais la réponse.

Soudain, il lève la tête et m'aperçoit. Il fronce les sourcils, étonné de me voir sourire dans sa direction, se retourne pour voir si je ne serais pas plutôt en train de regarder quelqu'un d'autre. Hasard providentiel, Kevin passe tout près à ce moment. Je lui envoie un geste amical de la main. Rassuré, Vincent hausse les épaules, reprend son air neutre et retourne à ses céréales.

S'il fallait que Guillaume ou Béatrice me voie sourire à Vincent en plus, ça me nuirait drôlement. Raison de plus pour faire un max d'efforts pour tout cacher.

C'est au même moment que Damien, notre célèbre Asperger, fait son entrée dans la cafétéria, accompagné de monsieur Marsolais et de Bertha, bien sûr.

Je comprends alors avec soulagement que ma suggestion à notre directeur a porté ses fruits. Damien, avec son génie et ses talents, ne pouvait pas retourner souder des puces électroniques ou réparer des lecteurs MP3 dans une arrière-boutique. Ça aurait été un vrai gaspillage. J'ai donc proposé au collège et au SCRS de l'embaucher. Malgré leur réticence initiale, ils ont bien dû admettre qu'il avait fait un travail étonnant de reprogrammation sur le Y-38C et qu'il avait un potentiel énorme. Sans compter qu'en fait, il était tout à fait innocent dans cette histoire et a été utilisé et manipulé. En réalité, nous nous sommes aperçus que Damien n'était pas aussi timide qu'on l'aurait cru au départ. Un peu naïf peut-être, mais pas gêné ni effrayé par le monde extérieur, comme nous le croyions. Jérémie l'aurait en quelque sorte maintenu dans un état de peur en le gardant sous contrôle et en le mettant en garde contre presque tout le monde. Il surveillait ses allées et venues et allait jusqu'à pratiquement lui interdire de quitter l'entrepôt. Il insistait d'ailleurs pour que les nouveaux employés ne soient pas mis au courant de son existence, sous prétexte de le protéger – ce qui était faux, bien sûr. Voilà qui explique pas mal de choses. Maintenant qu'il n'est plus sous l'emprise de Jérémie, peut-être Damien s'épanouira-t-il davantage.

Après une bonne enquête de sécurité et plusieurs tests et entrevues, Damien travaillera donc avec nous, et en particulier avec monsieur Marsolais et Vincent; ses compétences seront reconnues et appréciées et il ne sera plus harcelé par des imbéciles sans cervelle. Une bonne chose de réglée.

Soudainement, peut-être à cause de l'histoire des parents de Vincent, mes pensées se tournent vers les miens. Depuis que j'ai découvert, il y a près d'un an et demi, qu'ils étaient des agents du SCRS, la pensée que leur emploi pouvait mettre leur vie en péril ne m'a pas traversé l'esprit une seule fois. Cette idée m'était tout simplement inconcevable. Même si je sais bien qu'il y a une part de risques dans ce métier, on nous le répète assez.

Et si l'un d'eux ne revenait pas d'une mission? Après tout, cela arrive. Madame Duval, au début de l'année, nous a bien dit que les agents échouent parfois et que certains le paient de leur vie.

Je n'arrive pas à imaginer la vie sans mon père ou ma mère. Et ce, même s'ils voyagent déjà beaucoup et pendant de longues périodes. Et que je m'accommode de ma vie de pensionnaire sans eux mieux que je ne l'aurais cru au départ. Même si j'aime mes parents, devenir plus autonome et m'affranchir un peu me plaît beaucoup. Ils me traitent moins comme une enfant, maintenant.

J'ai soudain une furieuse envie de les appeler, de retourner chez moi passer plus de temps avec eux. Pour la première fois depuis que j'ai appris la vérité sur eux, tout en étant recrutée au collège, la peur m'habite.

Mon téléphone ainsi que celui de Marilou vibrent soudain.

Code jaune.
Bureau de monsieur Frost dans quinze minutes.

Urgence moyenne, mais on nous demande tout de même d'être sur place assez rapidement. Notre premier cours du matin commence dans près d'une heure. Je suppose qu'ils veulent faire leur réunion avant. Est-ce déjà une nouvelle mission?

À l'heure fixée, je me rends au bureau. Vincent, Kevin, Marilou et moi nous y retrouvons. Curieux, c'est le même groupe que la dernière fois. À moins qu'il s'agisse d'un genre de compte-rendu? Monsieur Frost et monsieur Marsolais entrent. Damien est assis sur un banc dans le couloir et attend, avec Bertha. Monsieur Marsolais ferme la porte du bureau pour éviter qu'il entende ce qui va se dire, je présume.

— Nous avons reçu des renseignements troublants à la suite de l'enquête du SCRS, annonce monsieur Frost.

Il croise les mains sur son bureau, penche la tête, prend une grande respiration.

— Tout d'abord, Jérémie Gosselin est mort dans sa cellule, hier soir, déclare-t-il.

Quoi!?! Mais comment est-ce possible? Comme les autres, je suis en état de choc. Même si c'était un espion et un assassin, cette nouvelle est bouleversante et renversante. Je n'arrive tout simplement pas à y croire.

— Que s'est-il passé? demande Marilou.

— Il s'est suicidé en avalant une capsule de poison, dit monsieur Marsolais.

— Comment se fait-il qu'il avait cela sur lui? demande Kevin. Ça aurait dû être détecté quand il a été fait prisonnier.

— Il semblerait qu'un complice sur place lui a fournie.

Hum... un peu comme c'était le cas avec le père de Vincent. Il y avait un complice, là aussi. Clairement, on ne voulait pas qu'il parle et il a préféré mettre fin à ses jours plutôt que dévoiler quoi que ce soit. Curieux, quand même. Marsolais et Vincent font-ils le même rapprochement, eux aussi? Je leur jette un regard en biais pour voir si

Vincent a une réaction, mais, comme d'habitude, il reste de marbre.

— En sait-on davantage sur le groupe duquel il faisait partie? dis-je.

— Oui, et là aussi, c'est peu rassurant, dit monsieur Marsolais. Nous avons fouillé dans l'ordinateur et le téléphone de Jérémie ainsi que dans tous les appareils qu'il aurait pu utiliser. Nous avons fini par trouver des traces de communication avec la Bratva, ou la mafia rouge.

Marilou et moi, nous nous regardons. La mafia rouge? N'était-ce pas le même groupe qui a formé et engagé Alyssa Rondeau, la comédienne-espionne de *Maïka*? Le groupe même qui voulait faire exploser une bombe IEM au-dessus des États-Unis il y a six mois? Cela signifie qu'il n'a probablement pas renoncé et va recommencer. Il faudra le surveiller de très près.

— Et il y a plus, ajoute monsieur Frost.

Ah oui? Ça va de mieux en mieux.

— Nous avons découvert que la mafia russe – ou la mafia rouge, si vous préférez – a beaucoup de contacts avec la Corée du Nord, explique monsieur Marsolais. Ils semblent travailler de concert, mais leur objectif nous est encore inconnu.

La Corée du Nord? La dernière fois que j'en ai entendu parler, c'était... oh non! Ce n'est pas vrai!

— Ne me dites pas qu'on parle des mêmes personnes qui ont tenté de mettre la main sur de l'antimatière l'an dernier?! que je m'écrie.

— L'antimatière? répète Marilou, qui ne faisait pas partie de cette mission.

— Nous vous expliquerons en temps et lieu, répond monsieur Frost.

— Nous n'en sommes pas sûrs, mais c'est une possibilité, dit monsieur Marsolais. Bref, ce groupe est peut-être plus gros et plus organisé que l'on pourrait le penser.

Décidément, ces gens-là sont très dangereux et déterminés. Seraient-ce deux organisations qui agissent avec un but commun? L'une d'elles sert-elle de paravent à l'autre? Quel sera leur prochain grand coup?

— Bref, il se pourrait que vous ayez d'autres missions à l'avenir, et rien ne dit qu'elles ne seront pas plus dangereuses, explique monsieur Frost. Même si nous ne privilégions pas nécessairement l'emploi de recrues pour des enquêtes risquées, le SCRS a décidé d'allouer des ressources prioritaires pour mettre le groupe hors d'état de nuire, car il devient de plus en plus dangereux. Voilà, nous devions vous informer de tout cela. Tenez-vous prêts, cela ne fait peut-être que commencer. Maintenant, en dépit de ces dernières nouvelles, pas faciles pour vous, c'est l'heure d'aller à votre cours. Tâchez de passer une bonne journée.

Sur ces paroles peu réjouissantes, nous partons vers nos salles de classe.

***

Trois jours plus tard, c'est la fin de semaine. J'ai décidé de faire un effort supplémentaire et de trouver le temps de retourner à Montréal deux jours. Jusqu'à présent, mes études avaient occupé la majeure partie de mes temps libres et j'avais délaissé mes parents. J'ai une subite envie de les revoir et Laurence aussi. Je suis donc dans un autobus en direction de ma ville natale.

En regardant la route et ses sapins qui défilent, je réfléchis longuement aux derniers événements et aux dernières révélations. Je pense que je comprends maintenant mieux le sens des paroles de madame Duval, lorsqu'elle nous parlait d'échec, au début de l'année.

« La noblesse de votre mission ne lui assure pas le succès. Ce n'est pas un film de James Bond, c'est la vraie vie. Et dans la vraie vie, des missions échouent, des renseignements sont perdus à jamais, des gens meurent parfois. »

Bien que nous ayons récupéré le satellite, il y a eu des morts. Même le décès de Jérémie, qui a préféré le silence de la tombe à la vie, me trouble et m'attriste. Sans compter monsieur Ledoux, une victime innocente. Et les responsables qui ont commandé cela courent toujours et sont peut-être déjà en train de planifier leur prochaine attaque. Tout cela, pour moi, est un peu comme un échec.

Pour la première fois depuis que je suis au collège, la peur ne me lâche plus. Pour mes parents, pour mes amis, mes futurs collègues et pour moi. Le risque devient de plus en plus concret. Parvient-on à surmonter ce sentiment, en tant qu'espion ? À fonctionner normalement et adéquatement, malgré le danger qui nous guette ? Ou à simplement porter cette peur constamment au ventre, et à s'habituer à sa présence ?

Je suppose que j'aurai la réponse avec le temps.

Mais là, j'ai autre chose à faire. L'autobus vient justement d'arriver à destination. Mes parents m'attendent au terminus. Je pense que je n'ai jamais été aussi heureuse de les voir.

Pour l'instant, je vais mettre la peur de côté et simplement passer une belle fin de semaine avec eux et ma meilleure amie.

Oui, en ce moment, c'est tout ce que je veux. Rien de compliqué, pas de bombes, de satellite et de terroristes. Cuisiner avec ma mère, jouer aux échecs avec mon père, même si je suis désespérément nulle et qu'il gagne toujours, et me faire coiffer par Laurence en regardant des magazines. Que du bon temps.

Lundi prochain, je remettrai à nouveau mon habit d'espionne et on verra ce que l'avenir me réserve. Une chose à la fois.

À VENIR DANS LE PROCHAIN TOME :

Quelques mois ont passé et l'été approche. La vie a repris son cours normal mais, bien sûr, ça ne dure pas ! Surtout qu'on vient de me confier la mission d'infiltrer un réseau de trafic d'armes, qui se cacherait derrière la façade d'un bar laitier. De quelle façon ? En me faisant engager là-bas, évidemment !

Entre les milkshakes, *les sorbets et les yogourts glacés, je dois dénicher des agents dangereux tout en résistant à la tentation de manger des avalanches de crème glacée avec* brownies, *crème fouettée et sirop de chocolat.*

Tout cela, alors que Laurence part faire un voyage d'études en France, que Guillaume m'en veut encore et qu'on annonce le retour de Jessica à l'école, après deux ans d'absence. C'est la super-espionne sexy que tous et toutes désirent être. La fin de l'année sera sûrement mouvementée. Pas facile, la vie d'apprentie espionne !